Nous reconnaissons l'aide financière du gouvernement du Québec par l'entremise de la Société de développement des entreprises culturelles (SODEC) pour nos activités d'édition. Gouvernement du Québec – Programme de crédit d'impôt pour l'édition de livres – Gestion SODEC.

Nous reconnaissons l'aide financière du gouvernement du Canada par l'entremise du Fond du livre du Canada pour nos activités d'édition.

PERRO ÉDITEUR
580, avenue du Marché, suite 101
Shawinigan (Québec) G9N 0C8
www.perroediteur.com

Couverture : Image Communication Conseils ltée
Illustration : Didier Loubat et Simon Dupuis
Couleurs : Jean-Noël LeMoal

Infographie : Lydie De Backer

Quatrième impression

Dépôts légaux : 2015
Bibliothèque et Archives nationales du Québec
Bibliothèque nationale du Canada
ISBN papier : 978-2-923995-67-0
ISBN Epub : 978-2-923995-78-6
ISBN PDF : 978-2-924637-22-7

BRYAN PERRO

PORTEUR DE MASQUES

Prologue

On trouve, dans les plus anciennes légendes de ce monde, l'histoire des masques de puissance. Ces masques, qui ont une valeur inestimable et sont porteurs de la magie sacrée des éléments, seraient donnés à des êtres ayant beaucoup de cœur et d'esprit. Il existe quatre masques : celui de la terre, celui de l'air, celui du feu et celui de l'eau, et seize pierres de puissance qui servent à alimenter les masques d'une puissante magie. Dans l'éternel combat entre le bien et le mal, entre le jour et la nuit, entre les dieux des mondes positifs et ceux des mondes négatifs, la tâche de ces élus serait de rétablir l'équilibre de ces forces.

Amos Daragon, fils d'Urban et de Frilla Daragon, fut choisi pour accomplir cette mission. Dès sa naissance, son destin fut écrit par la Dame blanche en lettres d'or dans la grande histoire des héros éternels. Celle-ci, déesse suprême du monde, attendait patiemment le jour de sa révélation.

I

LA BAIE DES CAVERNES

Le royaume d'Omain était un endroit magnifique. On y trouvait une petite ville aux rues bien ordonnées et surplombées par un château de pierres sombres. De hautes montagnes aux sommets toujours enneigés encerclaient la cité. Une large et longue rivière, qui prenait sa source dans les neiges éternelles, descendait les versants en cascades pour couler directement jusqu'au centre de la ville, dans la vallée.

Il y avait, à Omain, un petit port de pêcheurs rempli de frêles embarcations aux couleurs éclatantes. Lorsque le silence de la nuit tombait sur le marché aux poissons, tous les citoyens s'endormaient au son des vagues de l'océan. Chaque matin, c'est en suivant la rivière que des dizaines de pêcheurs levaient la voile triangulaire de leur bateau de bois pour aller jeter lignes et filets dans la mer.

Les rues d'Omain étaient en terre battue. On s'y promenait uniquement à pied et à dos d'âne. Tous les habitants de la ville étaient pauvres, à l'exception du seigneur Édonf qui habitait le château. Celui-ci régnait en maître sur ce coin de paradis et obligeait chaque famille à verser d'énormes redevances pour la gestion du royaume. Tous les mois, à la pleine lune, la garde personnelle du seigneur descendait en ville afin d'y encaisser l'argent des impôts.

Si un citoyen était incapable de payer, il était immédiatement jeté dans une cage de fer pour être exposé aux regards de tous, en plein centre du marché. Sans nourriture et sans eau, subissant le froid ou la chaleur et les moustiques, le malheureux pouvait rester là plusieurs jours, voire même plusieurs semaines. Les habitants de la ville savaient qu'un séjour dans la cage se terminait souvent par la mort du prisonnier. Aussi, s'efforçaient-ils de régler scrupuleusement leurs redevances au seigneur.

Édonf était gros comme une baleine. Avec ses yeux exorbités, sa grande bouche et sa peau pleine de boutons et toujours huileuse, il ressemblait à s'y méprendre à un de ces énormes crapauds de mer qui envahissaient une fois par an, au printemps, le port d'Omain. En plus d'être laid à faire peur, Édonf avait, disait-on, un cerveau de la taille d'un têtard. Au coin du feu, les aînés racontaient aux enfants les incroyables bêtises de leur seigneur. Ces légendes, amplifiées par le temps et transformées par l'habileté des conteurs, faisaient les délices des petits et des grands.

Ainsi, à Omain, tout le monde connaissait l'histoire de Yack-le-Troubadour qui, de passage dans la ville pour y présenter des spectacles avec sa troupe de saltimbanques, s'était fait passer auprès d'Édonf pour un célèbre docteur. Pendant près d'un mois, Yack avait fait avaler au seigneur de la crotte de mouton enrobée de sucre afin de guérir sa mémoire défaillante. Depuis, on racontait qu'Édonf avait complètement retrouvé ses facultés et n'oublierait jamais le faux docteur ni, surtout, le goût de la crotte de mouton. Voilà pourquoi les vieux conteurs d'Omain disaient aux gamins que ceux d'entre eux qui oubliaient trop souvent d'obéir à leurs parents devraient goûter, un jour, au médicament de Yack. Après avoir écouté ce récit, les enfants de la contrée avaient toujours une excellente mémoire.

***

C'est dans ce royaume qu'Amos Daragon avait vu le jour. Son père et sa mère étaient des artisans qui avaient passé de longues années à voyager de pays en pays à la recherche d'un coin idéal pour s'établir. Lorsqu'ils avaient découvert le magnifique royaume d'Omain, ils avaient décidé de s'y installer avec la certitude qu'ils y demeureraient jusqu'à la fin de leurs jours.

Ces braves gens avaient cependant commis une grave erreur en construisant une petite chaumière à l'orée de la forêt, non loin de la cité, sur les terres mêmes du seigneur Édonf, sans son autorisation. Lorsque celui-ci avait appris la nouvelle, il avait envoyé ses hommes leur rendre visite avec l'ordre de les soumettre au supplice de la cage et de brûler leur maison. En échange de leur vie et des arbres qu'ils avaient coupés pour construire les murs de leur maisonnette, Urban Daragon avait proposé au seigneur de travailler gratuitement pour lui et de s'acquitter ainsi de sa dette. Édonf avait accepté. Douze années déjà s'étaient écoulées depuis ce funeste jour, et le père d'Amos payait toujours, à la sueur de son front, son erreur passée.

Après tout ce temps au service du seigneur, Urban faisait pitié à voir. Il avait beaucoup maigri et dépérissait à vue d'œil. Édonf le traitait comme un esclave et lui en demandait toujours davantage. Les dernières années avaient été particulièrement éprouvantes pour Urban, car son maître s'était mis à lui donner des coups de bâton pour accélérer son rythme de travail. Le seigneur d'Omain prenait un grand plaisir à battre Urban et celui-ci, prisonnier de sa dette, n'avait pas d'autre choix que de subir sa tyrannie. Tous les jours, c'est la tête basse et les membres meurtris que le père d'Amos rentrait à la maison. Étant donné qu'il n'avait pas assez d'argent pour fuir le royaume ni plus assez de force pour affronter Édonf et s'en affranchir, c'est en larmes qu'Urban quittait le foyer le matin et en sang qu'il y revenait le soir.

La famille Daragon était certainement la plus pauvre du village, et sa chaumière, la plus petite d'entre toutes. Les murs étaient faits de troncs d'arbres dégrossis à la hache et couchés les uns sur les autres. Pour conserver la chaleur du foyer, Urban Daragon avait calfeutré avec de la tourbe et du foin les petites ouvertures laissées par les irrégularités du bois. Le toit de paille avait une excellente imperméabilité et la grosse cheminée de pierre, énorme en comparaison de la taille de la maison, semblait être le seul élément de la construction qui fût véritablement solide. Un petit jardin fleuri, peu ensoleillé à cause des arbres immenses qui l'entouraient, et un minuscule bâtiment ressemblant vaguement à une grange complétaient le tableau.

La chaumière par elle-même était toute petite. Une table de bois, trois chaises et un lit superposé en constituaient l'unique mobilier. La cheminée occupait la presque totalité du mur est. Une marmite était toujours suspendue au-dessus du feu à l'aide d'une crémaillère. Vivre en ces lieux était pour la famille Daragon une lutte permanente contre la chaleur ou le froid, mais aussi contre la faim et la pauvreté.

Obligé depuis son plus jeune âge à se débrouiller avec les moyens du bord, Amos avait acquis de nombreux talents. Il chassait le faisan et le lièvre dans la forêt, pêchait avec une canne de fortune dans la rivière et ramassait des coquillages et des crustacés sur la côte océane. Grâce à lui, la famille réussissait à survivre tant bien que mal, même si certains jours il n'y avait pas grand-chose sur la table.

Au fil du temps, Amos avait mis au point une technique presque infaillible pour capturer les oiseaux sauvages comestibles. Au bout d'une longue perche en forme d'Y, il laissait glisser une corde dont l'extrémité était dotée d'un nœud coulant. Il lui suffisait de repérer une perdrix, par exemple, de demeurer à bonne distance de sa proie et d'avancer doucement le bout de sa perche muni du nœud vers l'animal. Sans bruit, Amos passait rapidement le piège autour du cou de l'oiseau et tirait aussitôt sur la corde. Il rapportait souvent, de cette façon, le dîner de la famille.

Le jeune garçon avait appris à écouter la nature, à se fondre dans les fougères et à marcher dans les bois sans que personne n'entende le moindre bruit. Il connaissait les arbres, les meilleurs endroits pour trouver des petits fruits sauvages et pistait, à l'âge de douze ans, toutes les bêtes de la forêt. Quelquefois, pendant la saison froide, il parvenait même à repérer des truffes, ces délicieux champignons souterrains qui poussent au pied des chênes. La forêt n'avait plus aucun secret pour lui.

Amos était profondément malheureux. Tous les jours, il voyait son père souffrir et sa mère sombrer peu à peu dans une résignation malsaine. Ses parents, continuellement sans le sou, se disputaient souvent. Le couple s'était enlisé dans la misère du quotidien et n'avait même plus l'espoir de s'en sortir. Plus jeunes, Urban et Frilla faisaient sans cesse des projets de voyage, voulant à tout prix préserver leur bonheur et leur liberté. Leurs yeux, autrefois pétillants, ne reflétaient plus maintenant que tristesse et fatigue. Amos rêvait tous les soirs qu'il sauvait ses parents en leur donnant une meilleure vie. Urban et Frilla étant trop pauvres pour l'envoyer à l'école, le jeune garçon rêvait aussi d'un instituteur capable de mieux lui faire comprendre le monde, de répondre à ses questions et de lui conseiller des lectures. Toutes les nuits, c'est en soupirant qu'Amos Daragon s'endormait dans l'espoir que la journée suivante lui apporterait une nouvelle vie.

***

Par une splendide matinée d'été, Amos se rendit sur la côte pour ramasser des moules ou encore débusquer quelques crabes. Il suivit son trajet habituel, mais sans grand succès. Sa maigre récolte, contenue dans un de ses deux seaux en bois, ne suffirait pas à nourrir trois personnes. « Bon ! se dit-il, pour l'instant, je pense avoir épuisé toutes les ressources de cette partie de la côte. Il est encore tôt et le soleil brille ! Je vais voir ce que je peux trouver plus loin, sur un autre rivage. »

Amos songea d'abord à se diriger vers le nord, un endroit qu'il connaissait peu, mais soudain il pensa à la baie des cavernes. Celle-ci était à une bonne distance de l'endroit où il se trouvait, en direction du sud mais, pour y être allé plusieurs fois, le garçon savait qu'en ne traînant pas trop sur place et en accélérant le pas sur le chemin du retour, il serait rentré chez lui avant la fin de l'après-midi comme il l'avait promis à son père.

La baie des cavernes était un endroit où les vagues, au fil du temps et au gré des marées, avaient érodé la pierre pour y creuser des grottes, des bassins et d'impressionnantes sculptures. Amos avait découvert ce coin par hasard et en revenait toujours avec une grande quantité de crabes et de moules, mais la grande distance à parcourir pour l'atteindre l'empêchait de s'y rendre plus régulièrement. Avec un grand récipient plein à ras bords dans chaque main, le retour à la chaumière n'était jamais chose aisée.

Après deux heures de marche, le jeune garçon arriva enfin à la baie des cavernes. Épuisé, il s'assit sur la plage de galets et contempla le spectacle de la nature. La marée était basse et les immenses sculptures taillées par l'océan trônaient sur la baie comme des géants pétrifiés. Partout sur la falaise, Amos pouvait apercevoir des trous béants, creusés par des milliers d'années de marées, de vagues et de tempêtes. Le vent frais du large caressait sa peau brune et son nez brûlé par le soleil déjà haut dans le ciel.

« Allez, Amos, au travail maintenant ! » se dit-il.

Rapidement, il remplit de crabes ses deux seaux. Il y en avait des dizaines d'autres sur la plage qui s'étaient fait surprendre par la marée descendante et qui cherchaient maintenant à regagner l'eau salée. Alors que le jeune pêcheur passait devant l'entrée d'une grotte plus large et plus haute que les autres, son attention fut attirée par un gros corbeau noir mort sur la grève. Amos leva les yeux vers le ciel et vit une bonne vingtaine de ces oiseaux voler en décrivant des cercles au-dessus de la falaise.

« Ces oiseaux volent ainsi en attendant la mort prochaine d'un autre animal, pensa-t-il. Ils se nourriront des restes du cadavre. Il s'agit peut-être d'un gros poisson ou d'une baleine échouée près d'ici. Ce corbeau-ci, lui, n'a pas eu de chance. Il s'est certainement brisé le cou sur la roche. »

Regardant attentivement autour de lui à la recherche d'une bête agonisante, Amos vit, un peu plus loin dans l'entrée de la grotte, trois autres corbeaux, ceux-là bien vivants. Leurs yeux fixaient le fond de la caverne, comme s'ils essayaient de distinguer quelque chose dans le ventre de la paroi rocheuse. Alors qu'Amos s'approchait d'eux pour tenter de trouver une explication à ce mystère, un cri d'une incroyable puissance se fit entendre. Prenant sa source tout au fond de la caverne, cet épouvantable son paralysa les oiseaux qui tombèrent aussitôt raides morts.

Amos fut lui-même renversé par la force de ce cri. Il s'écroula exactement comme s'il avait reçu un violent coup de poing. Il avait instinctivement placé ses mains sur ses oreilles. Par terre, en position fœtale, il avait le cœur qui battait à tout rompre. Ses jambes refusaient de bouger. Jamais auparavant il n'avait entendu une telle chose. Ce cri semblait à la fois humain et animal, poussé par des cordes vocales extraordinairement puissantes.

C'est une voix charmante de femme, aux accents mélodiques et doux, qui sortit Amos de sa torpeur. On aurait dit qu'une lyre, profondément enfouie dans la grotte, s'était mise soudain à jouer.

— N'aie pas peur, jeune homme, je ne suis pas l'ennemie des humains.

Amos leva la tête et se remit sur ses pieds. La voix poursuivit :

— Je suis dans la grotte, viens vite, je t'attends. Je ne te ferai pas de mal. Je crie pour chasser les oiseaux.

Le garçon s'approcha lentement de la cavité. La femme parlait toujours et ses mots tintaient aux oreilles d'Amos comme une symphonie de clochettes.

— Ne crains rien. Je me méfie des oiseaux, car ils sont fouineurs et grossiers. Ce sont des espions et ils aiment beaucoup trop manger du poisson pour que je leur fasse confiance. Quand tu me verras, tu comprendras ce que je veux dire. Je te répète que je ne fais pas de mal aux hommes. Maintenant viens vite, mon temps est compté.

Dans l'obscurité, en se dirigeant à tâtons vers l'endroit d'où provenait la voix, Amos pénétrait plus profondément dans la grotte. Tout à coup, une douce lumière bleue enveloppa le sol et les parois rugueuses des murs mal taillés. De petites flaques d'eau brillaient. Toute l'humidité de la caverne scintillait. C'était magnifique. Chacune des gouttes avait sa propre teinte de bleu. Cette lumière envahissait l'intérieur de la grotte en donnant à Amos l'impression d'avancer sur un fluide en mouvement. Puis la voix reprit :

— C'est beau, n'est-ce pas ? Ceci est la lumière de mon peuple. Chez moi, tout le monde peut, par sa seule volonté, faire jaillir la lumière de l'eau salée. Retourne-toi, je suis ici, tout près.

En apercevant la créature, Amos dut prendre son courage à deux mains pour ne pas s'enfuir. Devant ses yeux, couchée par terre dans une petite nappe d'eau, se trouvait une authentique sirène. Ses longs cheveux avaient la couleur pâle du reflet d'un coucher de soleil sur l'océan. Fortement musclée, elle portait sur son torse une armure de coquillages ressemblant aux cottes de mailles utilisées par les hommes de guerre. Entre l'armure et la peau de la sirène, Amos crut voir un vêtement tissé d'algues. Ses ongles étaient longs et pointus. Une énorme queue de poisson, massive et large, terminait son impressionnante silhouette. Près d'elle était posée une arme. C'était un trident en ivoire, probablement sculpté dans une corne de narval et orné de coraux rouge pâle. La sirène dit en souriant :

— Je vois la peur dans tes yeux. Ne sois pas effrayé. Je sais que les créatures de ma race ont mauvaise réputation chez les humains. Vos légendes racontent que nous, les sirènes, aimons charmer les marins pour ensuite les entraîner au fond des mers. Tu dois savoir que c'est faux. Ce sont les merriens qui agissent ainsi. Nos corps se ressemblent sauf que le leur est d'une laideur repoussante. Comme nous, les sirènes, les merriens utilisent leur voix comme un piège pour envoûter les hommes. Mais ils dévorent ensuite leurs victimes, pillent les cargaisons et font naître des tempêtes où sombrent les navires pour s'en faire des demeures dans les profondeurs de l'océan.

Amos remarqua, pendant que la sirène parlait, de larges entailles dans son armure. Il l'interrompit pour demander :

— Vous êtes blessée ? Je peux sûrement vous aider, laissez-moi aller dans la forêt, je connais des plantes qui pourraient vous guérir.

La sirène sourit tendrement.

— Tu es gentil, jeune homme. Malheureusement, je suis condamnée à mourir très prochainement. Au cours d'un affrontement avec les merriens, mes organes ont été gravement touchés et la plaie est très profonde. Chez moi, sous les flots de l'océan, la guerre contre ces êtres maléfiques fait rage depuis quelques jours. Maintenant, prends cette pierre blanche et, dès que tu le pourras, rends-toi chez Gwenfadrille dans le bois de Tarkasis. Tu diras à la reine que son amie Crivannia, princesse des eaux, est morte et que son royaume est tombé aux mains de ses ennemis. Dis-lui aussi que je t'ai choisi comme porteur de masques. Elle comprendra et agira en conséquence. Jure-moi sur ta vie que tu accompliras cette mission.

Sans réfléchir, Amos jura sur sa vie.

— Sauve-toi vite. Cours et bouche-toi les oreilles. Une princesse des eaux qui meurt quitte ce monde avec fracas. Allez, va. Que la force des éléments accompagne chacun de tes pas! Prends aussi le trident, il te sera utile.

Le jeune garçon sortit rapidement de la grotte. Au moment où il se couvrait les oreilles de ses deux mains, il entendit un bruit sourd et macabre. Un chant langoureux, chargé de souffrance et de mélancolie, retentit dans toute la baie et fit vibrer la terre autour de lui. Des pierres commencèrent à tomber çà et là puis, dans un vacarme terrifiant, la caverne où se trouvait la sirène s'écroula violemment. Lorsque tout fut terminé, un silence profond envahit les lieux.

Comme il remontait la falaise, le trident d'ivoire sous un bras et un seau rempli de crabes dans chaque main, Amos se retourna pour contempler l'endroit une dernière fois. Instinctivement, il savait que plus jamais il ne reverrait la baie des cavernes. Sous ses yeux, des centaines de sirènes, la tête hors de l'eau, observaient de loin le tombeau de la princesse. C'est à quelques lieues de là, alors qu'il marchait vers sa demeure, qu'Amos entendit un chant funéraire porté par le vent. Un chœur de sirènes rendait un dernier hommage à la souveraine Crivannia.

II

LE SEIGNEUR ÉDONF, LA SOUPE AUX PIERRES ET LES CHEVAUX

Amos arriva chez lui en fin d'après-midi. À sa grande surprise, il vit que le seigneur Édonf était là, accompagné de deux gardes. Devant la chaumière, les parents d'Amos, tête basse en signe de soumission, écoutaient les palabres injurieuses du seigneur. Le gros bonhomme, rouge de colère, menaçait de brûler la maison. Il reprochait au couple d'avoir cultivé des terres sans son autorisation et de chasser dans son domaine sans vergogne. En plus, la famille possédait un âne que le seigneur disait être sien. On lui avait, apparemment, dérobé cette bête dans l'enceinte même de son château.

Sur ce point, le seigneur Édonf ne se trompait pas. Au cours d'une brève visite nocturne au château, Amos avait enlevé l'animal pour lui épargner les mauvais traitements qui lui étaient infligés. Il avait ensuite raconté à ses parents que l'âne, perdu dans les bois, l'avait suivi jusqu'à la chaumière. Évidemment, il s'était bien gardé d'avouer son crime. Édonf réclamait maintenant une grosse somme d'argent pour oublier l'affaire, et les parents d'Amos, incapables bien sûr de payer, ne savaient plus quoi dire ni quoi faire.

Complètement affolé, Amos entra discrètement dans la chaumière. Il ne supportait plus de voir ses parents ainsi humiliés. Les choses devaient changer pour lui et sa famille, et c'était à lui d'intervenir. S'il n'agissait pas maintenant, il ne le ferait jamais. Mais quoi faire ? Comment fuir ce royaume qui était devenu pour eux un enfer ? Il regarda autour de lui dans l'espoir de trouver une idée, une ruse qui lui permettrait d'en finir une fois pour toutes avec Édonf.

En attendant son retour, sa mère avait mis de l'eau à bouillir dans la marmite au-dessus du feu. Frilla Daragon avait prévu faire une soupe avec ce qu'allait rapporter son fils. Une idée surgit alors dans l'esprit d'Amos. Il devait jouer le tout pour le tout. Prenant son courage à deux mains, il se décida à passer à l'action. Pour ne pas se brûler, le garçon s'enveloppa la main avec un chiffon épais et saisit l'anse du gros chaudron. Sans se faire remarquer, il alla dans le jardin, non loin d'Édonf et de ses hommes. Il déposa la marmite par terre, prit le bout d'une branche morte dans sa main et commença un étrange rituel. En dansant, il frappait les parois de la marmite avec son bâton et répétait après chaque coup :

— Bouille, ma soupe ! Bouille !

Dans sa colère, Édonf ne fit pas immédiatement attention à son manège. Ce n'est qu'au septième ou huitième « Bouille, ma soupe ! Bouille ! » que le seigneur arrêta de fulminer pour regarder ce que faisait le jeune garçon.

— Qu'est-ce que tu fabriques, petit sot ? lui demanda-t-il.

— Je fais bouillir de l'eau pour le dîner, mon bon seigneur. Nous ferons de la soupe aux pierres ! répondit Amos, passablement fier de lui.

Perplexe, le seigneur regarda les parents du garçon qui se contentèrent de sourire. Ceux-ci, connaissant la vivacité d'esprit de leur fils, savaient qu'il mijotait autre chose que de la soupe. Édonf poursuivit :

— Et par quel miracle peut-on arriver à préparer une soupe avec des pierres ?

Amos venait de prendre un gros poisson à son hameçon et il ne le laisserait pas s'échapper. Sa ruse semblait fonctionner à merveille.

— C'est très simple, cher seigneur. Avec ce bâton magique, je fais bouillir l'eau de la marmite jusqu'à ce qu'elle soit assez chaude pour dissoudre de la roche. En laissant, par la suite, refroidir le mélange, on obtient un excellent velouté de pierres. Mes parents et moi ne mangeons que cela depuis des années.

Édonf éclata d'un rire sonore et gras. Il releva une manche de sa chemise et, d'un mouvement rapide, plongea sa main dans l'eau pour en vérifier la température. Lorsqu'il sentit la brûlure que la chaleur intense du liquide provoqua, sa figure devint livide et il retira l'extrémité de son membre en criant de douleur. L'eau était effectivement bouillante. La main rouge comme un homard, le seigneur dansait sur place en maudissant tous les dieux du ciel. Ses pieds frappaient violemment la terre. Il hurlait :

— Vite ! Vite ! De l'eau froide ! Vite ! De l'eau glacée !

Un des gardes d'Édonf, qui se trouvait dans la petite grange pour en effectuer l'inspection, accourut vers son maître afin de le secourir. Sans hésiter, il saisit son bras et, croyant le soulager, replongea sa main dans la marmite. Les larmes aux yeux, Édonf s'écria :

— LÂCHE MA MAIN, IDIOT ! LÂCHE MA MAIN OU JE TE FERAI PENDRE !

Sans comprendre pourquoi il se faisait ainsi injurier, le pauvre homme eut droit en prime à une solide raclée de la part de son maître. À grands coups de pied dans le derrière, celui-ci lui fit mordre la poussière. Les parents d'Amos essayaient tant bien que mal de se retenir de rire. Avec des feuilles de différentes plantes, Amos confectionna une compresse au seigneur. Celui-ci, épuisé par l'aventure, se calma enfin. La voix éteinte, il dit :

— Je veux ce bâton qui fait bouillir l'eau. Donnez-moi ce bâton et je vous permettrai de cultiver les terres que vous voulez et de chasser dans mon domaine. Je vous laisse même l'âne !

Amos prit un air grave. Son cœur battait à tout rompre tellement il avait peur qu'Édonf ne se rende compte qu'il était en train de se faire avoir, mais il n'en laissa rien paraître. Il se devait maintenant de mener habilement la discussion.

— Malheureusement, mon seigneur, cet objet magique appartient à ma famille depuis des générations. C'est notre bien le plus précieux et mes parents n'ont pas les moyens de s'en séparer. Faites comme si vous n'aviez jamais vu ce bâton. Brûlez la maison, nous partirons vivre ailleurs, loin de votre royaume.

Le visage crispé par la douleur, Édonf se redressa et sortit de sa bourse dix pièces d'or.

— Voici ce que je t'offre pour ton bâton magique. Si tu refuses cet argent, je prends quand même le bâton et j'ordonnerai aussi qu'on brûle votre chaumière. C'est à toi de choisir ! Décide-toi vite, garçon, ma patience a des limites et je t'avoue qu'elles sont presque atteintes !

La tête basse, Amos tendit l'objet au seigneur.

— Que votre volonté soit faite, mais sachez que c'est le cœur lourd que j'accepte cet argent. Surtout, mon seigneur, n'oubliez pas de danser autour de la marmite en répétant la formule : « Bouille, ma soupe ! Bouille ! » jusqu'à ce que l'eau atteigne son point d'ébullition.

Édonf jeta les pièces d'or par terre et, en saisissant le bâton, il déclara solennellement avant de monter en selle :

— Je m'en souviendrai, je ne suis pas idiot.

Les gardes grimpèrent à leur tour sur leur monture et les trois hommes disparurent bien vite. Par la ruse, Amos venait de gagner l'argent nécessaire pour se rendre au bois de Tarkasis comme il l'avait promis à Crivannia, la princesse des eaux.

Sachant très bien que le seigneur n'allait pas tarder à découvrir la supercherie et qu'il reviendrait aussitôt, Amos trouva une nouvelle ruse. Il fit avaler à l'âne huit des dix pièces d'or après les avoir enrobées de foin et d'une herbe laxative qui en faciliterait l'expulsion par l'animal. Il raconta ensuite à ses parents son aventure à la baie des cavernes. Pour prouver la véracité de son récit, il leur montra la pierre blanche et le trident que lui avait remis la sirène. Urban et Frilla comprirent immédiatement l'importance de la mission qui avait été confiée à leur fils. Ils en étaient fiers. Ils l'encouragèrent donc à se rendre au bois de Tarkasis pour porter le message de la princesse des eaux à la reine Gwenfadrille.

Douze longues et difficiles années s'étaient écoulées depuis que les Daragon s'étaient installés dans le royaume d'Édonf, et leur instinct de survie les mettait maintenant devant une évidence : ce pays n'avait que misère et souffrance à leur offrir et il était grandement temps pour eux d'en partir. Étant donné que la famille ne possédait presque rien, les bagages furent vite prêts. Amos dit alors à ses parents :

— Allez à la clairière qui se trouve au pied de la montagne. Je vous rejoindrai plus tard et j'apporterai des chevaux.

Sans poser de questions, Urban et Frilla partirent aussitôt en direction du lieu de rendez-vous fixé. Les bras chargés de bagages, ils marchaient sans s'inquiéter le moindrement pour leur fils qu'ils laissaient derrière eux. Amos était doté d'une prodigieuse intelligence et il saurait se protéger contre la malveillance d'Édonf. Le jeune garçon avait plus d'un tour dans son sac et plus d'un sac à utiliser pour piéger ses ennemis.

Amos attendit patiemment le retour du seigneur. Il en profita pour faire ses adieux à la forêt qui l'avait vu naître, à sa petite chaumière et à l'âne dont il allait devoir se séparer. Enfin, comme il l'avait prévu, Édonf ne tarda pas à réapparaître avec ses deux gardes. Le seigneur hurlait à s'en écorcher les cordes vocales :

— JE TE TRANCHERAI LA TÊTE, VAURIEN !
JE VAIS T'OUVRIR LE VENTRE, PETIT MISÉRABLE ! JE NE FERAI QU'UNE BOUCHÉE DE TOI,
VERMINE !

Calmement et sans qu'Édonf s'en aperçoive, Amos se rendit dans la petite grange. Il saisit les oreilles de l'animal et, le regardant droit dans les yeux, il ordonna :

— Âne, donne-moi de l'or ! Donne-moi de l'or !

Édonf et ses gardes entrèrent d'abord dans la chaumière. Ils en firent le tour d'un rapide coup d'œil. Puis, alors qu'ils se ruaient vers la grange, la voix de l'enfant les arrêta dans leur course.

— Approchons-nous discrètement, dit Édonf à ses gardes, nous le surprendrons.

Les trois hommes regardèrent à l'intérieur du bâtiment en collant un œil sur l'un des nombreux interstices des planches. Ils virent Amos qui caressait les oreilles de l'âne en répétant sans cesse la même phrase :

— Donne de l'or ! Donne de l'or !

Soudain, ils virent l'animal lever la queue et déféquer. Sous leur regard incrédule, Amos se plaça alors derrière la bête et sortit des excréments, une à une, exactement huit pièces d'or. C'est le moment que choisit Édonf pour faire irruption dans la grange. Il sortit son épée en menaçant le garçon :

— Petit vaurien ! Tu croyais m'avoir avec ton faux bâton à faire bouillir l'eau ? Je me suis rendu ridicule devant toute ma cour, au château. Tout à l'heure, je ne pensais à rien d'autre qu'à te tuer, mais maintenant j'ai une bien meilleure idée. Je te prends cet âne. J'avais déjà entendu dire, sans jamais vraiment y croire, que des poules magiques pouvaient pondre de l'or. Mais maintenant, je sais que certains ânes peuvent le faire !

Amos se renfrogna et répondit d'un ton sarcastique :

— Prenez ma fortune, prenez mon âne et je souhaite que vous le fassiez galoper à vive allure vers votre château ! Ainsi, son estomac se déréglera et il ne vous donnera plus que de la crotte !

Le seigneur pouffa d'un rire satisfait.

— Tu te crois intelligent, petite vermine ? Tu viens de me donner un indice précieux qui m'évitera de commettre une grave erreur. Gardes, sortez cet âne avec le plus grand soin ! Nous le ramènerons à pied au château. Laissons les chevaux ici, nous reviendrons les reprendre plus tard. Je vous suivrai en marchant pour m'assurer qu'aucune maladresse ne mettra en péril ce bien trop précieux. Et si la bête se soulage en chemin, j'en profiterai pour ramasser toutes les pièces d'or qu'elle donnera. Quant à toi, vaurien, tu peux garder ces huit pièces encore toutes chaudes ! Avec les dix autres que je t'ai déjà données pour le bâton à faire bouillir l'eau, considère que je paie un bon prix pour cet âne.

En reniflant, Amos supplia Édonf :

— Non, s'il vous plaît, mon bon seigneur, ne me faites pas cela, rendez-moi l'âne ! Il est toute notre fortune, tout notre bien. Tuez-moi, mais laissez l'âne à mes parents.

Le seigneur le renversa d'un coup de pied et, se penchant vers lui, il lui murmura :

— Vous n'avez qu'à manger de la soupe aux pierres. C'est bien ta spécialité, n'est-ce pas, petit idiot ?

Amos regarda Édonf et ses deux gardes s'éloigner lentement à pied avec le précieux animal. Le gros homme chantait et riait. Il exultait.

Fier d'avoir si bien joué la comédie, le garçon grimpa quelques instants plus tard sur la monture du seigneur, y attacha les brides des deux autres chevaux et se rendit directement à la clairière au pied de la montagne, où l'attendaient son père et sa mère.

C'est ainsi qu'une nouvelle histoire se répandit dans le royaume d'Omain. Les vieux racontaient toujours la légende de Yack-le-Troubadour mais, dorénavant, les enfants voulaient aussi entendre le récit des ruses d'Amos Daragon, ce garçon malin qui, un jour, avait échangé un banal bout de bois contre dix pièces d'or et un âne commun contre trois superbes chevaux !

III

BRATEL-LA-GRANDE

Les parents d'Amos avaient déjà entendu parler de la forêt de Tarkasis. Au cours de leurs précédents voyages, avant la naissance de leur fils, ils avaient eu vent des rumeurs qui couraient sur cet endroit. On disait que ceux qui osaient s'aventurer dans cette forêt n'en revenaient jamais. Plusieurs légendes parlaient d'une terrible puissance qui habitait au cœur des bois. Urban Daragon raconta à son fils qu'un jour, alors qu'il cherchait du travail dans la petite ville de Berrion, il avait rencontré sur la place du marché un homme très âgé. Le vieillard cherchait désespérément à retrouver sa jeunesse perdue. Il arrêtait tous les passants et leur demandait :

— Madame ! Monsieur ! Excusez-moi ! On m'a volé ma jeunesse ! J'aimerais tant la retrouver ! Aidez-moi, s'il vous plaît… Je vous en supplie. Je n'ai que onze ans ! Hier encore, j'étais un bel enfant plein de vie. Je me suis réveillé ce matin et ma jeunesse avait disparu. Aidez-moi ! S'il vous plaît, aidez-moi…

Certains riaient, d'autres ignoraient cet homme bizarre. Personne ne le prenait au sérieux. Urban

Daragon s'était approché de lui et lui avait demandé ce qui lui était arrivé. Le vieux bonhomme aux cheveux blancs et à la longue barbe de la même couleur lui avait répondu :

— J'habitais près de la forêt de Tarkasis. Mes parents possédaient une chaumière à l'orée du bois. Mon père me répétait sans cesse de ne pas m'aventurer dans ce lieu maudit. Hier matin, j'ai perdu mon chien et je me suis mis à sa recherche. Alors que je regardais partout autour de la maison et plus loin, j'ai entendu des aboiements dans la forêt. C'était lui, j'ai reconnu sa façon particulière d'aboyer quand il a peur de quelque chose. J'ai accouru vers mon compagnon sans même me soucier des recommandations de mes parents. Je me souviens avoir vu beaucoup de lumière. On aurait dit des petites taches de soleil qui brillaient à travers les arbres. Puis, venant de nulle part, une belle et douce musique s'est mise à jouer et j'ai soudainement eu envie de danser. Je valsais avec les lumières, j'étais heureux. J'étais calme et serein. Je ne sais pas combien de temps cela a duré, mais j'ai dû danser très longtemps parce que je suis tombé endormi, tellement j'étais fatigué. À mon réveil, aucune trace de mon chien. J'avais cette longue barbe blanche, et mes cheveux étaient devenus tout blancs aussi et avaient beaucoup poussé. En fait, tous les poils de mon corps étaient blancs. Affolé, je suis revenu vers la maison pour me rendre compte qu'elle avait disparu, tout comme mes parents. Les lieux étaient complètement transformés et une route passait à l'endroit où se trouvait auparavant le potager de mon père. En pleurs, j'ai suivi cette route pour venir jusqu'ici, à Berrion. Cette ville est à quelques minutes de Tarkasis et, pourtant, je ne la connaissais pas. Je n'en avais même jamais entendu parler. C'est comme si elle avait poussé d'un coup, en une seule nuit. Je ne comprends pas ce qui m'arrive, mon bon monsieur. J'ai onze ans ! On vient tout juste de célébrer mon anniversaire ! Je vous assure que je ne suis pas un vieillard, je ne suis pas fou. S'il vous plaît, aidez-moi à retrouver ma jeunesse. Aidez-moi à retrouver mes parents, ma maison et mon chien. S'il vous plaît, monsieur...

Urban croyait ce pauvre homme mais, bien conscient de ne rien pouvoir faire pour lui, il avait repris sa route, bouleversé par le récit qu'il venait d'entendre.

**

La ville de Berrion se trouvant très loin dans le nord du pays, les Daragon se mirent en route dès le lever du soleil, le lendemain matin, après avoir dormi à la belle étoile dans la clairière. Ils étaient prêts pour ce voyage qui allait durer un mois. Ils avaient trois bons chevaux et dix pièces d'or. Dès qu'il avait retrouvé ses parents, Amos avait remis huit pièces à son père qui les avait soigneusement rangées dans sa bourse. Quant aux deux autres, le garçon les avait déjà dissimulées dans ses chaussures au cas où sa ruse avec l'âne aurait mal tourné. Édonf aurait pu se douter, en le voyant sortir les pièces des excréments de l'animal, qu'il s'agissait d'une supercherie. Mais comme le seigneur était encore plus bête que l'âne lui-même, la famille

Daragon pouvait entreprendre un voyage entièrement financé par son ancien maître.

Ensemble, Amos, Urban et Frilla quittèrent le royaume d'Omain en passant par le col des montagnes. En suivant la route qui montait vers le nord, ils traversèrent des plaines et des vallées, plusieurs villages très pauvres, des bois verdoyants et de charmantes petites fermes. Le trajet fut long et difficile pour Amos. Il n'avait pas l'habitude de chevaucher ainsi des journées entières et, le soir venu, il s'endormait complètement fourbu.

En route, Urban Daragon et sa femme avaient acheté tout ce qu'il fallait pour accomplir une telle randonnée. La famille disposait maintenant de provisions, d'une tente, de bonnes couvertures et d'une lampe à huile. Jamais Amos n'avait vu son père aussi heureux et sa mère aussi belle. De jour en jour, le couple Daragon renaissait. C'était comme si, après être restés trop longtemps endormis pendant une très longue et très sombre nuit, les parents d'Amos rouvraient les yeux et s'éveillaient à la vie.

Frilla tressait souvent les cheveux de son fils en une longue natte. Ses mains étaient douces et ses soins, attentionnés. Urban riait beaucoup. Ses rires profonds pénétraient l'âme d'Amos qui, pour la première fois et malgré la fatigue, ressentait un bonheur qu'il n'avait jamais connu auparavant.

Amos jouait avec son père, se lavait dans l'eau claire des petites rivières et mangeait toujours une excellente nourriture préparée par sa mère. Il avait même reçu une armure de cuir noir confectionnée par elle, et son père lui avait acheté une nouvelle boucle d'oreille représentant une tête de loup. Sur son beau cheval, le garçon avait fière allure. Le trident de la sirène en bandoulière sur son dos, ses longs cheveux tressés et l'armure bien ajustée, on aurait dit un jeune guerrier sorti d'une légende ancienne. Malgré toutes ces dépenses, la bourse d'Urban contenait encore six belles pièces. Une fortune considérable vu la pauvreté qui régnait partout autour d'eux.

Le soir, près du feu, Urban racontait à Amos sa vie, ses voyages et ses aventures. Orphelin, il avait dû apprendre rapidement un métier pour survivre. Il avait ensuite pris la route pour «conquérir le monde», se plaisait-il à dire en riant de sa naïveté. Il avait malheureusement connu plus de déboires que de joies à ratisser les campagnes. Le vent avait tourné, selon ses dires, le jour où il avait rencontré Frilla. Cette belle fille de dix-huit ans, aux longs cheveux noirs et aux yeux noisette, bergère de métier, lui avait pris son cœur. Ses parents l'ayant promise en mariage à un autre homme, Urban avait carrément dû l'enlever pour préserver leur amour réciproque. Une bonne étoile était apparue dans la vie du jeune homme et, pendant huit ans, Urban et Frilla avaient vécu heureux, en toute liberté, marchant de village en village, d'un royaume à l'autre. Puis il y avait eu ce bonheur encore plus grand de voir naître leur enfant. Les douze années de misère qui avaient suivi, au royaume d'Omain, avaient été une mauvaise expérience qu'il fallait désormais oublier au plus vite.

Après deux semaines de voyage, la famille Daragon rencontra sur sa route un chevalier. Il avait une large épée, un bouclier arborant l'image d'un soleil rayonnant et une armure qui étincelait à la lumière du jour comme un miroir.

— Halte! cria l'homme. Déclinez immédiatement votre identité ou vous subirez les conséquences de votre silence.

Très cordialement, Urban Daragon se présenta et expliqua qu'il se rendait avec sa famille à Berrion, dans le nord du pays. Lui et sa femme étaient des artisans voyageurs, ajouta-t-il, et ils avaient décidé de reprendre la route après avoir vécu, pendant de nombreuses années, dans le royaume d'Omain où leur excellent travail avait été maintes fois récompensé par le seigneur. Cette précision dut satisfaire le chevalier qui acquiesça en hochant la tête, car il était plutôt rare de voir des artisans possédant de si beaux chevaux. Bien entendu, Urban s'abstint bien d'avouer les véritables raisons qui le conduisaient, avec sa femme et son fils, à Berrion.

— Est-il vrai que le seigneur d'Omain est aussi stupide qu'une mule? demanda le chevalier en riant.

— Vous insultez les mules en les comparant au seigneur Édonf, répondit Amos. Ces animaux ont au moins l'avantage d'être vaillants au travail. Un seul et unique chevalier de votre stature aurait tôt fait de s'emparer de toutes les terres d'Omain, tellement l'armée est à l'image du seigneur Édonf, c'est-à-dire veule et paresseuse.

— Votre fils a la langue bien pendue, mais il sait reconnaître la puissance de l'épée lorsqu'il la croise sur son chemin, fit le chevalier, visiblement très flatté du compliment. Mes frères et moi sommes à la recherche de sorciers qui se terrent dans cette forêt, au bord de la route. Nous savons qui ils sont et ils n'ont certainement pas votre allure ni votre élégance. Allez! poursuivez votre route, voyageurs, et sachez que vous entrez dans le royaume des chevaliers de la lumière. Notre capitale, Bratel-la-Grande, est à quelques lieues d'ici seulement. Aux portes de la ville, dites à la sentinelle que Barthélémy — c'est mon nom — vous a autorisé l'accès à Bratel-la-Grande. Ne tardez pas à entrer dans la capitale. Quand la nuit tombe, il se passe des choses étranges à l'extérieur de nos murs. Que la lumière vous porte! Adieu, braves gens.

La famille Daragon salua poliment le chevalier et poursuivit son chemin en direction de la ville.

Avant d'arriver à la capitale, Amos et ses parents traversèrent deux petits villages qui se touchaient presque. Un silence lourd et menaçant planait sur les lieux. Dans les rues, autour des maisons, partout, on ne voyait que des statues de pierre. Des hommes, des femmes et des enfants, le visage crispé par la peur, étaient pétrifiés. Amos descendit de son cheval et toucha le visage d'un homme. Il était lisse et dur, froid et sans vie. Manifestement, c'était le forgeron des lieux. Le bras levé, un marteau à la main, il semblait vouloir frapper quelque chose devant lui. Sa barbe, ses cheveux et ses vêtements étaient de pierre. Plusieurs autres personnes paraissaient avoir été saisies dans leur fuite et gisaient, figées, sur le sol. Dans une position d'attaque, les chiens restaient désormais immobiles.

Quelque chose ou quelqu'un s'était introduit dans ces villages et avait ensorcelé leur population entière.

Dans l'expression de toutes ces statues humaines, une émotion dominait largement : la terreur. Sur le visage des habitants, petits ou grands, on ne décelait que frayeur et affolement. L'effroi et la panique s'étaient emparés de tous sans exception. Cochons, poules, mulets et chats, tous les animaux avaient été aussi changés en pierre.

Soudain, un gros matou gris, visiblement très vieux, sortit de derrière une pile de billots de bois et s'avança lentement vers les voyageurs. Le museau relevé, la bête semblait renifler l'odeur des nouveaux arrivants. Amos s'approcha de lui. Il le prit dans ses bras et s'aperçut aussitôt que l'animal était aveugle. Une explication s'imposait alors d'elle-même. Ce chat était l'unique être vivant du village à avoir survécu à la malédiction et il était aveugle. C'est donc en regardant l'ennemi que les gens et les autres animaux s'étaient lapidifiés.

En fait, en y regardant de plus près, il était évident qu'il n'y avait pas un adversaire, mais plusieurs. Le sol était sillonné d'innombrables pistes étranges. Des empreintes de pieds triangulaires se terminant par trois longs orteils étaient clairement visibles un peu partout autour d'eux. En examinant ces empreintes, Amos remarqua qu'une membrane reliait les doigts de pied. Ces êtres se déplaçaient debout, sur deux jambes, et leurs extrémités étaient palmées comme des pattes de canard.

Urban ordonna à son fils de remonter sur son cheval. Cet endroit ne lui disait rien qui vaille et le soleil se couchait rapidement. Frilla garda sur elle le chat aveugle qu'Amos lui avait tendu, et la petite famille quitta l'endroit maudit pour continuer son chemin vers la capitale du royaume.

Bratel-la-Grande était une ville impressionnante. Construite au centre d'une plaine cultivée, elle était entourée de hautes et larges murailles en pierres grises qui en faisaient un lieu imprenable pour n'importe quelle armée. Une immense forêt s'étendait autour des terres agricoles. Du haut des tours d'observation, les sentinelles pouvaient facilement voir s'approcher un bataillon ennemi à au moins une lieue à la ronde. Les énormes portes de la ville étaient protégées par une imposante herse.

Cinq sentinelles, aux armures brillantes et aux boucliers arborant l'image du soleil, arrêtèrent les voyageurs. Urban Daragon donna son nom et mentionna celui de Barthélémy, exactement comme ce dernier le lui avait conseillé. Les gardes semblèrent satisfaits et l'un d'eux déclara :

— Comme les portes restent ouvertes dans la journée, par mesure de sécurité, nous ouvrons la herse seulement deux fois par jour, le matin au lever du jour et le soir au coucher du soleil. Les paysans qui cultivent les terres des alentours seront bientôt de retour. Vous pourrez donc pénétrer dans la ville en même temps qu'eux. Le soleil ne va pas tarder à se coucher et, d'ici une heure, ils seront tous revenus. L'attente ne sera pas longue. Reposez-vous. Nous avons à boire et à manger. Allez vous servir, la nourriture est sur le gros rocher, là-bas. Bienvenue à Bratel-la-Grande, voyageurs ! Et que la lumière vous porte !

La famille Daragon, reconnaissante, remercia la sentinelle et se dirigea vers le rocher. Amos prit une pomme et quelques châtaignes, et alla s'asseoir près de la herse pour regarder la ville. Il y avait là beaucoup d'activité, les gens allaient et venaient d'un pas rapide, des chevaliers patrouillaient dans les rues. On aurait dit que les habitants se préparaient pour une bataille. Sur la place publique, non loin des portes que les Daragon allaient bientôt franchir, des cendres de ce qui avait été un grand feu boucanaient faiblement. Amos demanda à l'une des sentinelles pourquoi on avait allumé un si grand feu en plein jour. Le garde sourit et lui dit :

— Nous avons brûlé une sorcière ce matin. Sur la route pour venir jusqu'ici, tu as dû voir ce qui s'est passé dans plusieurs villages des alentours, n'est-ce pas ? Eh bien, Yaune-le-Purificateur, notre seigneur, pense qu'il s'agit d'un maléfice de sorcier. Nos hommes fouillent la forêt de fond en comble pour débusquer le coupable. Tous ceux et celles qui exercent la magie d'une quelconque façon se retrouvent sur le bûcher et sont brûlés vifs. Depuis une semaine, nous avons déjà fait griller sept personnes, dont un couple d'hommani-maux.

Amos demanda ce qu'était un hommanimal. Jamais il n'avait entendu ce mot.

— Ce sont des humains qui sont capables de se transformer en animal. Quand j'étais très jeune, les gens parlaient beaucoup des hommanimaux. Maintenant, il s'agit davantage d'une légende que d'une réalité. Enfin, moi, je n'y ai jamais cru et je doute que l'homme et la femme qui sont morts possédaient de tels pouvoirs. Notre roi doit être bien désemparé. Personne ne sait vraiment ce qui se passe dans le royaume. Tous les soirs, nous entendons des bruits effrayants qui viennent de la forêt. Les habitants dorment mal. La peur s'empare de tout le monde lorsque la nuit tombe. Je ne sais plus quoi penser de tout cela… Bon, il est maintenant l'heure d'ouvrir la herse. Au revoir, jeune homme, que la lumière te porte !

— Que la lumière vous porte aussi ! lui répondit Amos.

Les paysans entrèrent dans Bratel-la-Grande, suivis de la famille Daragon. Urban, Frilla et Amos se mirent aussitôt à la recherche d'un endroit où passer la nuit. Ils trouvèrent une auberge appelée La tête de bouc. C'était un endroit sombre et inquiétant. Les murs étaient gris et sales. Il y avait quelques tables, un long comptoir et plusieurs habitués qui discutaient ensemble. L'atmosphère devint encore plus lourde lorsque les Daragon pénétrèrent dans les lieux. Ils s'attablèrent dans le silence, sous le regard inquisiteur des clients. On les dévisageait, on les observait de la tête aux pieds.

Une bonne odeur de soupe chaude venait de la cuisine et c'est en salivant qu'Amos se mit à table. Les discussions reprirent sans que personne ne s'occupe d'eux. Après quelques minutes, Urban fit signe à l'aubergiste. Celui-ci, derrière son comptoir, ne bougea pas. Frilla essaya d'attirer l'attention du propriétaire en l'interpellant :

— Il y a une bonne odeur chez vous ! Nous aimerions bien manger et dormir ici ce soir…

Rien à faire. L'homme continuait à discuter avec ses autres clients sans même leur accorder un regard. Au moment où la famille décida enfin de se lever pour quitter les lieux, l'aubergiste fit un clin d'œil à l'assemblée et éleva la voix :

— Un instant ! On ne part pas d'ici sans payer !

Urban répliqua aussitôt :

— Nous n'avons rien mangé et rien bu, monsieur. Alors, pourquoi devrait-on payer ?

L'aubergiste, l'air content et le sourire narquois, poursuivit :

— Sachez qu'ici, on ne sert pas les étrangers. Cependant, je vous vois respirer l'odeur de ma soupe depuis un bon moment. Vous avez donc consommé le fumet de ma préparation et vous devez payer pour cela. On n'a pas idée de se régaler ainsi sans même me donner quelques pièces !

Les autres clients riaient de bon cœur. Ce boniment, l'aubergiste l'utilisait souvent pour extorquer de l'argent aux innocents voyageurs.

— Vous devez me payer ou vous irez directement en prison ! reprit l'aubergiste.

Urban refusa d'ouvrir sa bourse. Trois hommes se levèrent de leur siège avec un bâton à la main et se dirigèrent vers la sortie pour la bloquer.

— Toi, va me chercher un chevalier. Nous avons un problème ici, lança l'aubergiste à l'un de ses amis.

Quelques minutes plus tard, ce dernier revint effectivement avec un chevalier. C'était Barthélémy.

— Alors, que se passe-t-il encore, ici ? demanda le chevalier, exaspéré, en entrant dans l'auberge.

— Ces gens veulent partir sans payer. Ils ont respiré l'odeur de ma soupe, et ces voleurs ne m'offrent rien en compensation. Je suis ici dans mon auberge et j'ai le droit de vendre ce qui me plaît, même une odeur, n'est-ce pas, noble chevalier ?

Barthélémy avait tout de suite reconnu la famille Daragon. Embêté, il leur dit :

— Vous êtes bien mal tombés, mes amis. Cette auberge est sûrement la pire de tout Bratel-la-Grande. Selon nos lois, cet homme a raison et il le sait parfaitement. Il a le droit de vendre ce qui lui plaît, même l'odeur d'une soupe s'il le désire. Tous les voyageurs qui s'arrêtent ici, à La tête de bouc, se font arnaquer de la sorte. L'aubergiste utilise notre loi à son avantage. C'est un escroc et je ne peux rien y faire. Je dois m'assurer que cet homme soit bel et bien payé pour l'odeur de sa cuisine que vous avez respirée. Il faut aussi savoir qu'en cas de litige dans la capitale, ce sont les chevaliers qui se font juges et tranchent ce genre de question. Laissez-lui quelque chose et partez. Je ne puis rien pour vous.

— Très bien, soupira Amos, nous paierons l'aubergiste comme il se doit.

Un rire général se fit entendre dans l'auberge. La ruse fonctionnait toujours à merveille et c'est en jubilant que tous les clients assistaient à la scène.

Saisissant la bourse de son père, Amos poursuivit :

— Dans cette bourse, nous avons exactement six pièces d'or. Est-ce suffisamment payé pour l'odeur d'une soupe que nous n'avons même pas goûtée ?

L'aubergiste, ravi, se frotta les mains.

— Mais oui, bien sûr, jeune homme ! Ce sera parfait !

Amos approcha la bourse de l'oreille du gredin et fit tinter les pièces.

— Comme nous avons respiré l'odeur d'une soupe que nous n'avons pas mangée, dit-il, eh bien, vous voilà payé avec le son des pièces que vous n'empocherez jamais !

Barthélémy éclata d'un rire puissant.

— Je crois bien que ce garçon vient, devant mes yeux, d'acquitter sa dette et celle de ses parents !

L'aubergiste demeura bouche bée. Il était incapable de protester, humilié de s'être fait avoir par un enfant. C'est en riant à gorge déployée qu'Amos et ses parents, accompagnés de Barthélémy, sortirent de l'auberge pendant que, à l'intérieur, un profond silence avait remplacé les rires.

IV

BÉORF

Comme leur nouvel ami Barthélémy le leur avait suggéré, Amos et ses parents s'installèrent dans une jolie auberge tenue par la mère du chevalier. Ils étaient heureux de pouvoir enfin se reposer. Le vieux matou aveugle qu'ils avaient adopté se trouva vite un coin pour dormir tranquille.

Urban, lui, trouva par la même occasion du travail. Le toit de l'auberge était à refaire et, depuis la mort de son père, c'était Barthélémy qui s'occupait des travaux d'entretien. Malgré beaucoup de bonne volonté, le chevalier n'était pas très habile de ses mains et c'est avec plaisir qu'Urban accepta d'arranger ce qui avait été mal fait. En échange, il pouvait disposer, avec sa femme et son fils, d'une grande chambre bien éclairée et confortable. Ils seraient également nourris si Frilla voulait bien donner un coup de main à la cuisine, ce à quoi elle consentit avec empressement. Ces ententes furent conclues dès le lendemain de leur arrivée, et les Daragon prirent rapidement possession de leur nouveau logis.

L'auberge avait pour nom Le blason et l'épée. À Bratel-la-Grande, c'était l'endroit de rencontre préféré des chevaliers. Les soldats s'y réunissaient pour trinquer ensemble, parler des dernières batailles ou jouer aux cartes. Du lever du soleil jusqu'à tard dans la nuit, il y avait toujours quelqu'un pour raconter un fait d'armes, pour se vanter de ses exploits ou simplement pour se distraire entre deux missions. Les barbares du Nord envahissaient fréquemment les terres du royaume, et les grandes batailles n'étaient pas rares. Le père de Barthélémy, qui avait été un grand chevalier, était lui-même mort au combat. Ses exploits étaient encore souvent évoqués. Il était toujours vivant dans la mémoire de ses compagnons d'armes, et le récit de ses prouesses émouvait à tous coups la veuve.

Lorsqu'ils étaient de passage à Berrion, les chevaliers des royaumes voisins s'arrêtaient toujours à l'auberge Le blason et l'épée pour échanger les dernières nouvelles et vanter leur habileté à l'épée. C'était un lieu vivant, toujours grouillant de monde, où les rires et les histoires les plus farfelues se faisaient entendre à toute heure du jour.

L'auberge était spacieuse, bien tenue et entourée de magnifiques rosiers. Située à une bonne distance du centre de la ville, cette maison à deux étages en pierres rouge foncé avait fière allure. Yaune-le-Purificateur, seigneur de Bratel-la-Grande et maître des chevaliers de la lumière, s'y rendait souvent, soit simplement pour se détendre, soit pour discuter avec ses hommes. Pour un garçon curieux comme Amos, cette auberge où l'on était toujours les premiers à être informés de ce qui se passait dans le royaume et les alentours, était un endroit de rêve.

Les chevaliers parlaient souvent de la malédiction qui s'était abattue sur plusieurs villages. Personne n'arrivait à expliquer ce qui avait pu transformer chacun de leurs habitants en statue de pierre et, par mesure de précaution, on avait fait évacuer les campagnes avoisinantes. Les paysans qui étaient demeurés chez eux malgré les avertissements des chevaliers avaient, eux aussi, été victimes du terrible maléfice. En fait, quiconque passait la nuit à l'extérieur des murs de la capitale se voyait frappé par ce sortilège.

En ville, on parlait souvent d'un bataillon qui, envoyé par un royaume voisin pour prêter main-forte à Bratel-la-Grande, avait été retrouvé pétrifié dans la forêt. Les détachements de cavalerie voyaient régulièrement des chouettes, des hiboux, des cerfs ou des loups changés en pierre. Et tous ces cris venant des profondeurs des bois, qu'on entendait toutes les nuits, ne faisaient rien pour rassurer qui que ce soit. Des hurlements stridents qui glaçaient le sang de tous les habitants de la ville. Des clameurs qui, chaque nuit, se rapprochaient un peu plus des fortifications de la capitale.

Les chevaliers devaient affronter un ennemi invisible, toujours caché dans les profondeurs des ténèbres. Cette force adverse, tellement puissante qu'elle semblait invincible, ne pouvait être constituée que d'un seul individu. Tous ceux et celles qui avaient succombé aux pouvoirs dévastateurs de ces guerriers de la nuit étaient désormais incapables de dire un seul mot à leur sujet. On aurait voulu trouver des indices, avoir des précisions sur leur apparence physique, sur leurs intentions, mais les statues de pierre demeuraient muettes. Tout comme les habitants de la ville, Barthélémy et ses compagnons étaient inquiets, et Yaune-le-Purificateur semblait s'égarer en brûlant de présumées sorcières et de faux magiciens. On ne savait que faire pour combattre ce mal obscur qui menaçait tous les êtres du royaume.

***

Une semaine s'était écoulée depuis l'arrivée d'Amos et de ses parents dans la capitale. Même s'ils étaient contents de leur sort, ceux-ci trouvaient qu'ils s'étaient déjà attardés un peu trop longtemps à Bratel-la-Grande et avaient décidé de reprendre la route d'ici quelques jours pour se rendre au bois de Tarkasis. La ruse utilisée par Amos à l'auberge La tête de bouc avait rapidement fait le tour de tous les chevaliers de la ville. Barthélémy avait pris un plaisir évident à raconter à ses compagnons comment le jeune garçon avait cloué le bec du commerçant malhonnête. Amos était fréquemment salué par des inconnus qui le félicitaient d'avoir remis l'aubergiste véreux à sa place.

L'enfant faisait souvent de longues promenades dans la ville. Il déambulait nonchalamment, découvrant les petites rues et les minuscules boutiques d'artisans. Un grand marché avait lieu tous les matins, sur une place qui se trouvait au centre de la ville, juste en face de l'immense demeure fortifiée de Yaune-le-Purificateur. C'est là qu'Amos vit un garçon marcher à quatre pattes sous les étals de différents marchands. À peine un peu plus vieux que lui, il était gras comme un porcelet et avait des cheveux blonds très raides. Malgré ses grosses fesses et ses bourrelets, il se déplaçait avec une prodigieuse agilité. Rapide comme l'éclair, sa main saisissait des fruits, des morceaux de viande, des saucissons et des miches de pain sans que personne ne s'en aperçoive. Une fois que son sac fut plein à craquer de provisions, le garçon quitta le marché.

Curieux, Amos décida de le suivre discrètement. Il remarqua alors avec surprise que le jeune voleur portait des favoris bien fournis. Celui-ci tourna au coin d'une rue et se dirigea rapidement vers l'un des murs fortifiés de la ville, situé loin de toutes habitations. Arrivé au pied du mur, il regarda furtivement autour de lui et, tout à coup, il disparut ! Amos n'en croyait pas ses yeux. Il s'approcha prudemment de l'endroit où s'était arrêté le garçon et y découvrit un trou assez profond. Le gros garçon n'avait pu que sauter dedans, ce qui expliquait sa disparition soudaine.

Amos se glissa à son tour dans le trou et trouva, au fond, un long tunnel creusé grossièrement qui passait sous la muraille. Il le suivit et ressortit de l'autre côté, dans l'herbe haute de la plaine. Debout sur la pointe des pieds, Amos regarda autour de lui pour tenter de repérer le garçon. Il n'eut qu'une seconde pour apercevoir sa silhouette disparaître de nouveau au loin, à la lisière de la forêt. Pourtant, il était impossible qu'une personne de cette corpulence puisse se déplacer aussi promptement. En quelques minutes, ce garçon avait traversé la plaine aussi vite qu'un homme sur un cheval galopant. C'était d'autant plus incroyable qu'il portait toujours son énorme sac rempli de provisions !

En courant le plus vite possible, Amos se rendit lui aussi à l'orée de la forêt. Par terre, sous le couvert des arbres, il remarqua d'étranges empreintes. Il y avait des traces de pieds, mais aussi de mains. Le gros garçon se déplaçait-il à quatre pattes également dans la forêt ? Plus loin, les traces devenaient celles d'un jeune ours. Pour Amos, il n'y avait pas trente-six solutions à cette énigme : il avait suivi un hommanimal. Oui, le jeune voleur de provisions était un hommanimal ! Cela seul pouvait expliquer sa grande agilité, sa force et sa rapidité. Les jeunes ours sont des créatures vives et puissantes. Cela expliquait aussi pourquoi l'étrange fugitif avait tant de poils sur le visage.

Les hommanimaux n'étaient donc pas que des créatures de légende ! Il existait vraiment des humains capables de prendre une forme animale à volonté ! Les hommes pourvus de ce prodigieux don ne devaient pas être nombreux.

Amos se rappela le couple d'hommanimaux qu'on avait brûlé sur la place publique de Bratel-la-Grande et en arriva à cette funeste conclusion :

— Un enfant qui vole de la nourriture pour vivre n'a probablement pas de parents pour subvenir à ses besoins. Je ne vois qu'une explication : les chevaliers de la lumière ont tué les parents de ce malheureux. Ils les ont probablement vus se transformer en animal, en ours sans doute, et les ont brûlés sur le bûcher pour sorcellerie, croyant qu'un humain qui est capable de se métamorphoser en bête peut aussi transformer un individu en statue. Je dois absolument retrouver ce garçon pour lui parler.

Amos suivit la piste laissée par l'hommanimal. Le trident de la sirène en bandoulière, il s'enfonça dans la forêt. Après une heure de marche, il déboucha sur une petite clairière. Les empreintes menaient à une charmante maisonnette toute ronde, construite en bois. Tout autour de la maison, de nombreuses ruches avaient été installées. Des milliers d'abeilles virevoltaient un peu partout. Amos cria sur un ton aimable :

— Il y a quelqu'un ? Répondez-moi… Je ne suis pas ici en ennemi… J'ai suivi tes traces, jeune ours, et j'aimerais beaucoup te parler !

Rien. Pas un son et, à l'exception de celui des abeilles, pas un mouvement perceptible dans les alentours. Avec précaution, le trident relevé, Amos avança dans la clairière jusqu'à la maison, remarquant avec étonnement que celle-ci était dépourvue de fenêtres. Il frappa à la porte.

— Mon nom est Amos Daragon ! Je désire parler à quelqu'un !

Comme il n'y avait toujours pas de réponse, il poussa doucement le battant, jeta un regard circulaire dans la pièce et y pénétra lentement. Une forte odeur de musc le saisit. L'intérieur de cette maison sentait incontestablement la bête sauvage. Amos vit, posée sur un tabouret, une petite bougie dont la flamme vacillait. Au milieu de l'unique pièce, un feu mourant fumait légèrement. La lumière du jour entrait par une ouverture pratiquée en plein centre du toit et par laquelle pouvait s'échapper la fumée dégagée par la cheminée.

Sur une table basse en bois étaient posés un bout de pain et un pot de miel. À côté de la porte, tout près de lui, Amos vit le gros sac de victuailles. C'étaient bien celles qui avaient été volées au marché.

Tout à coup, dans un grand vacarme, la table fut traînée et projetée en l'air. Elle alla heurter le mur et retomba avec fracas sur le sol. Aussitôt, un ours au pelage blond bondit sur Amos en hurlant de rage et, d'un seul coup de patte, il le poussa à l'extérieur de la maison. En moins d'une seconde, la bête était sur lui et l'écrasait de tout son poids. Comme l'ours s'apprêtait à lui lacérer le visage avec ses griffes tranchantes comme des lames de rasoir, Amos mit la main sur son trident d'ivoire et le pointa sur la gorge de l'animal. Chacun menaçant de tuer l'autre, les deux combattants arrêtèrent de bouger. Les abeilles, maintenant prêtes au combat, s'étaient regroupées dans un nuage juste au-dessus de la tête de l'ours. Amos comprit rapidement que l'animal exerçait un pouvoir sur les insectes. La bête grognait des ordres à son armée volante. Pour éviter le pire, il fallait maintenant essayer d'entamer un dialogue.

— Je ne te veux pas de mal. J'aimerais te parler de tes parents. Tu m'écrases...

Sous les yeux stupéfiés d'Amos, certaines parties du corps de l'ours reprirent soudain leur aspect humain. Sa tête était maintenant celle du gros garçon du marché. Il avait cependant gardé de la bête d'énormes dents pointues. Son bras droit, encore levé et prêt à frapper, avait conservé la forme d'une patte d'ours, alors que son bras gauche, redevenu normal, plaquait solidement Amos contre terre. Le trident toujours sous la gorge, l'hommanimal dit :

— Je ne te fais pas confiance ! Je t'ai vu plusieurs fois avec les chevaliers. Tu habites même dans une auberge qui appartient à l'un d'eux. Je t'ai remarqué bien avant que tu connaisses mon existence. Tu es un espion et je vais te tuer.

Amos réfléchit un peu. Puis il laissa tomber son arme.

— Bon, alors si tu dois me tuer, fais-le ! Puisque tu me connais si bien, tu dois savoir que je ne suis pas de ce royaume et que je ne représente aucune menace pour toi. Je te conseille ensuite de me manger rapidement. De cette façon, tu ne sauras jamais ce qui est arrivé à tes parents.

D'un signe, le jeune hommanimal ordonna aux abeilles de regagner leurs ruches. Il se transforma alors complètement en humain. Abandonnant toute agressivité, le gros garçon s'assit par terre et se mit à pleurer doucement.

— Je sais ce que les chevaliers ont fait à mes parents. Ils croient que ce sont eux qui ont transformé tous les habitants des villages environnants en statues de pierre. Je ne suis pas magicien, et ni mon père ni ma mère ne l'étaient. Je ne te ferai pas de mal. D'ailleurs, j'aimerais mieux que ce soit toi qui me tues. De cette façon, je serais libéré de ma peine.

En se relevant, Amos vit que son armure de cuir était déchirée. Au niveau de la poitrine, quatre longues marques de griffes traversaient son vêtement. Sans cette protection, il aurait pu être gravement blessé.

— Tu es vraiment puissant! Comme tu connais déjà la triste nouvelle, je n'ai pas à te l'apprendre. Je suis désolé pour toi. Si je peux faire quelque chose, dis-le-moi. Je serais heureux de t'aider à te soulager de ce malheur.

Le gros garçon parut content. Il sourit. Toute méchanceté avait disparu de ses petits yeux noirs. Ses grosses joues roses, ses favoris longs et blonds et son corps rond le rendaient profondément sympathique. N'eût été ses favoris, ses épais sourcils qui se rejoignaient au-dessus de son nez et les poils qui recouvraient la paume de ses mains, il aurait eu l'air d'un garçon tout à fait normal.

— C'est bien la première fois que je vois un humain qui montre un peu d'amabilité pour un hommanimal! Je m'appelle Béorf Bromanson. Il reste très peu de gens comme moi dans ce monde. J'appartiens au peuple des hommes-bêtes. Des légendes racontent que les hommanimaux sont les premiers êtres qui ont habité cette planète. Nous avions des rois et des royaumes magnifiques au cœur des grandes forêts. Chaque famille était liée, dans l'âme et dans le sang, à un animal. Il y avait des hommes-chiens, des hommes-oiseaux et un grand nombre d'autres créatures qui avaient la capacité de se transformer à volonté. Moi, je suis de la branche des ours. Malheureusement, les humains ne nous ont jamais fait confiance et ils ont tué beaucoup d'entre nous. En vérité, je n'ai jamais rencontré d'autres hommanimaux que mes parents. Mon père disait souvent que nous étions peut-être la dernière famille de la branche des ours encore vivante sur cette terre. Maintenant, je suis sans doute le dernier représentant de ma race.

Puisque Béorf habitait dans la forêt, pensa Amos, il savait peut-être quelque chose sur cette mystérieuse force maléfique qui faisait tant de dégâts dans le royaume. Aussi demanda-t-il à l'hommanimal s'il savait qui ou quoi transformait ainsi les villageois en statues de pierre.

— Je le sais, je les ai vus ! répondit-il. C'est une longue histoire et je suis trop triste et fatigué pour te la raconter. Viens me voir demain, je te dirai tout ce que je sais sur ces êtres horribles.

Les deux garçons se serrèrent chaleureusement la main et Amos, satisfait de cette rencontre, promit de revenir le lendemain à la première heure. Alors qu'il s'éloignait de la maison de Béorf, Amos entendit des chevaux galoper à vive allure. Revenant sur ses pas, il vit un détachement d'une dizaine de chevaliers de la lumière lancer un filet sur Béorf. Transformé en ours, l'hommanimal se débattait pour sortir du piège. Les abeilles attaquaient sauvagement les hommes en armure. L'un des chevaliers assomma Béorf pendant qu'un autre mettait le feu à la demeure de bois. Lorsque la bête fut inconsciente, les insectes abandonnèrent le combat pour retourner à leurs occupations.

Dans le filet, l'ours avait maintenant repris sa forme humaine. On attacha les pieds et les mains du gros garçon pour ensuite le charger sur un cheval. Amos aurait voulu bondir pour aider son ami. Sa sagesse lui conseilla cependant d'essayer de sauver Béorf autrement qu'en affrontant directement de puissants guerriers. Caché dans les bois, il regarda les chevaliers de la lumière emporter son nouvel ami. De grandes flammes jaillissaient de la maison. Devant ce spectacle, Amos se jura qu'il sauverait l'hommanimal du bûcher. Il se rappela les mots de Béorf : « Malheureusement, les humains ne nous ont jamais fait confiance et ils ont tué beaucoup d'entre nous. »

Dans une course folle, Amos se dirigea vers Bratel-la-Grande.

V

Le jeu de la vérité

Quand Amos arriva dans la capitale, essoufflé et fourbu, il rentra immédiatement à l'auberge Le blason et l'épée. Barthélémy discutait avec trois autres chevaliers. Ces derniers avaient enlevé leur armure et appliquaient de la pommade sur les nombreuses piqûres d'abeilles qui constellaient leur peau. Ils en avaient partout : sous les bras, derrière les genoux, dans la bouche et même sous les pieds.

— Ces abeilles sont de vrais démons ! Regardez, elles m'ont piqué l'intérieur de la main avec laquelle je tiens mon épée. Comment ont-elles pu accomplir un tel prodige ? J'avais le poing solidement fermé sur mon arme, et ces maudits insectes ont quand même réussi à s'introduire là ! clamait bien haut un chevalier.

— Ce n'est rien par rapport à moi, répondit un autre. Voyez ma jambe droite, elle est presque paralysée à cause de l'enflure. J'ai compté exactement cinquante-trois piqûres. Par contre, je n'ai rien sur la jambe gauche, pas la moindre trace d'une attaque d'insectes. Ces abeilles savaient très bien ce qu'elles faisaient et elles ont concentré leur force pour me priver de ma jambe. Un ennemi au sol est un ennemi vaincu ! Ces petits démons connaissaient la façon de me jeter par terre.

— Et moua, déclara le dernier du trio, z'elles m'ong pigué dang la bouge et z'autour dez gieux. Che ne voigue prègue plug rien ! Heureugement gue che parle engore bieng !

Amos s'approcha de Barthélémy et lui dit qu'il désirait lui parler immédiatement en privé. Ils s'éloignèrent un peu des autres chevaliers.

— Vous vous êtes trompés en capturant le jeune hommanimal dans la forêt ! Il n'est pour rien dans les malheurs du royaume, et lui seul sait quelque chose sur nos ennemis. Vous devez le libérer !

Barthélémy sembla surpris.

— Comment sais-tu tout cela, toi ? De toute façon, je ne peux rien faire, il sera brûlé demain matin au lever du soleil.

Amos insista :

— Nous devons le sauver. Si toi, tu ne peux rien faire, qui dois-je voir pour le faire libérer ?

— Yaune-le-Purificateur en personne, mon jeune ami ! déclara le chevalier sur un ton empreint de respect. C'est lui qui a décrété que toute personne pratiquant la magie devait être brûlée. Les chevaliers obéissent à leur maître et ils ne critiquent jamais ses décisions. Les hommanimaux sont des êtres perfides qui méritent la mort. Ce soir, tu pourras assister au procès du jeune garçon. Je te conseille de ne pas prendre sa défense. Tu pourrais connaître le même sort et monter avec lui sur le bûcher.

Amos demanda à Barthélémy en quoi consistait ce fameux procès puisque, de toute évidence, le destin de Béorf semblait scellé d'avance.

— L'hommanimal sera soumis au jeu de la vérité. Yaune met dans son casque deux bouts de papier. Un avec l'inscription *coupable,* l'autre avec l'inscription *innocent.* L'accusé tire un papier au hasard. Son choix détermine sa culpabilité ou son innocence. Je n'ai jamais vu un seul accusé prendre le bout de papier portant le mot *innocent.* Yaune-le-Purificateur est inspiré par la lumière et jamais il ne se trompe. Si ton ami est innocent, la vérité éclatera au grand jour et il sera sauvé. Mais, de mémoire de chevalier, ce serait bien la première fois qu'une telle chose se produirait !

Amos marcha dans la ville en attendant le procès de Béorf. La place du marché s'était transformée en tribunal. Dans quelques heures, le procès aurait lieu. Son ami, prisonnier dans une cage, était livré aux regards et aux insultes des passants. Plusieurs lui lançaient des tomates et des œufs pourris. Béorf, tête basse, rageait silencieusement. Amos croisa son regard. Il put lire dans ses yeux la haine et le mépris.

Pourquoi fallait-il qu'il en soit toujours ainsi ? Pourquoi l'ignorance des humains les poussait-elle toujours à emprisonner des innocents et à les humilier publiquement en les menaçant de mort ? Béorf allait peut-être monter sur le bûcher ! Tout comme ses parents, il serait condamné sans qu'on puisse fournir la moindre preuve de sa culpabilité. Et tous ces gens satisfaits, sur cette place, qui salivaient d'avance en imaginant le spectacle à venir, n'avaient-ils pas de compassion? Cette ville, sous le prétexte de se protéger, n'avait-elle pas lâchement assassiné assez d'innocents? Il en fallait encore un, puis peut-être un autre et encore un autre pour apaiser leur appétit sanguinaire. Tous ces chevaliers pensaient faire le bien sans remettre en question leurs actions, sans voir plus loin que le bout de leur nez. Amos, l'estomac à l'envers et le cœur dans la gorge, eut soudainement la nausée et vomit derrière le mur délabré d'une maison abandonnée.

Une foule impressionnante se rassemblait sur la place. Amos marchait de long en large. Ses neurones fonctionnaient à plein régime. Il se devait de sauver son nouvel ami. Mais comment? Sans pouvoir s'expliquer pourquoi, il était convaincu que le jeu de la vérité était un truc employé par Yaune-le-Purificateur pour appuyer ses décisions sans que personne ne puisse les mettre en doute. Mais quelle était donc cette ruse?

Amos ramassa deux pierres exactement de la même taille, mais de couleur différente, et les glissa dans sa poche. La plus foncée représenterait le mot *coupable* ; l'autre, gris pâle, le mot *innocent*. En dix tentatives, le garçon tira au hasard six fois la pierre pâle et quatre fois la pierre foncée. Il recommença le jeu encore et encore. Les résultats étaient toujours sensiblement les mêmes. Jamais Amos ne réussit à prendre dix fois d'affilée la même pierre. Il était donc tout à fait impossible que le jeu de la vérité de Yaune soit juste. Au dire de Barthélémy, il y avait eu beaucoup de procès dans ce royaume et jamais un seul accusé n'avait gagné sa liberté au jeu de la vérité. Tous étaient coupables et cela défiait toute logique !

Soudain, tout devint clair dans la tête d'Amos. Si tous les accusés tombaient invariablement sur le mot *coupable,* c'était tout simplement parce qu'on avait écrit ce mot sur les deux bouts de papier ! Voilà, Yaune était un mauvais joueur. Il mentait et trichait. Oui, cela ne pouvait être que ça : le seigneur de Bratel-la-Grande marquait le mot *coupable* sur les deux morceaux de papier. Il était alors impossible de tirer le mot *innocent,* puisqu'il n'était inscrit sur aucun des deux bouts de papier qui se trouvaient dans le casque. Maintenant, comment déjouer la ruse de Yaune pour que Béorf soit libéré ?

L'heure du procès approchait et Amos cherchait encore la solution de son problème. C'est lorsqu'il lança la pierre foncée par terre en conservant la pierre pâle dans sa poche que la solution apparut, claire et limpide. Le garçon éclata de rire. Il venait enfin de trouver la ruse qui lui permettrait de libérer son ami.

***

Yaune-le-Purificateur s'avança sur l'estrade. Il était grand et âgé d'une soixantaine d'années. Ses longs cheveux poivre et sel étaient attachés sur sa nuque et il avait une grosse barbe grise. Une grande cicatrice s'étirait de son œil droit jusqu'à sa lèvre supérieure. Son armure avait la couleur de l'or. Deux ailes blanches ornaient son casque et il portait au cou une large chaîne avec un gros pendentif. C'était une tête de mort taillée dans une pierre verte, et dont les yeux semblaient être deux énormes diamants. Yaune était imposant, solide et son expression solennelle imposait le respect.

La foule était agitée, grouillante, fébrile. Les portes de Bratel-la-Grande avaient déjà été fermées pour la nuit et tous les chevaliers étaient présents pour le procès. Sous un tonnerre d'applaudissements, Yaune-le-Purificateur prit la parole :

— Nous sommes ici pour que la lumière triomphe encore une fois. Chers habitants de Bratel-la-Grande, le garçon que vous voyez dans cette cage est un sorcier. Plusieurs chevaliers ont été témoins de sa transformation en bête. Un chevalier ne ment jamais et la parole de mes hommes ne saurait être mise en doute. La magie de ce sorcier est puissante et, comme les autres que nous avons capturés, il sera condamné au feu purificateur afin que notre royaume soit sauvé de la menace qui plane sur nos têtes. À moins, bien sûr, que le jeu de la vérité ne nous révèle son innocence. C'est en éliminant toutes formes de magie que nous pourrons vaincre le mal qui nous assaille. La vérité et la lumière sont nos guides et, jusqu'à présent, nos intuitions furent justes et nos actions, héroïques. Que celui d'entre vous qui doute de la culpabilité du jeune sorcier se lève ou qu'il se taise à jamais !

Un profond silence tomba sur l'assemblée. Amos leva la main et, sur un ton qui trahissait sa nervosité, cria :

— Moi, je sais que vous faites erreur !

Tous les regards convergèrent vers le garçon qui, devant ce tribunal, osait mettre en doute la parole de Yaune et des chevaliers.

— Tais-toi, jeune homme! lança Yaune d'un ton sévère. Ta jeunesse et ton manque d'expérience excusent cette impertinence. Maintenant, retire tes paroles ou tu en subiras les conséquences!

— Je ne retire rien de ce que je viens de dire, monsieur, répondit Amos en prenant de l'assurance. Ce garçon s'appelle Béorf et il est mon ami. Il est de la race des hommanimaux. Ce n'est pas un magicien et encore moins une créature qui transforme les hommes en statues de pierre. Je pense que si vous brûlez ce garçon, jamais vous ne comprendrez ce qui se passe dans votre royaume, car lui seul a vu les créatures qui vous menacent. Il est innocent des crimes dont vous l'accusez!

Pour la première fois depuis qu'il régnait sur ce royaume, Yaune-le-Purificateur se voyait contredit.

— Tu penses, petit sacripant, être plus sage que le seigneur de Bratel-la-Grande? J'ai combattu pendant près de quarante ans les forces occultes de ce monde. J'ai versé mon sang pour la vérité. J'ai perdu des hommes, des armées entières. Tout cela pour que triomphe la lumière des hommes sur le monde sombre et malfaisant des ténèbres. Approche-toi de l'estrade afin que je te voie de plus près.

Amos s'avança dignement en gardant le silence. Yaune sourit en voyant ce jeune garçon avec ses longs cheveux tressés, son armure de cuir noir déchirée et son trident en bandoulière. Barthélémy intervint. Il se jeta à genoux devant son seigneur et lui dit à mi-voix:

— Excuse-le, grand seigneur. Cet enfant est stupide, il ne sait pas ce qu'il fait. Je le connais, il habite avec ses parents dans l'auberge de ma mère. Ce sont des voyageurs arrivés ici depuis peu. Le père et la mère de ce garçon ne savent rien de sa conduite. Pardonne à cet enfant et je me porte garant de lui.

Yaune se radoucit :

— Très bien, valeureux Barthélémy. Ton père m'a sauvé plusieurs fois la vie et je dois à sa descendance le même respect que j'avais pour lui. Amène ce garçon et que je ne le revoie plus à Bratel-la-Grande.

Un homme sortit de la foule et dit :

— Seigneur, mon nom est Urban Daragon. Je connais mieux mon fils que le chevalier Barthélémy et je vous assure que si Amos clame que votre prisonnier est innocent, c'est qu'il a raison. Barthélémy est un homme bon et je comprends qu'il désire protéger des voyageurs avec lesquels il s'est lié d'amitié. La famille Daragon le remercie de tout cœur, mais j'ai toujours enseigné à mon fils à agir, en toutes circonstances, selon ses convictions profondes. Je tiens à ajouter qu'Amos n'est pas stupide et que beaucoup de gens auraient avantage à écouter ce qu'il a à dire.

Impatient, Yaune chassa Barthélémy d'un geste de la main et déclara en soupirant :

— Qu'il en soit selon la volonté du père ! Nous veillerons à ce que justice soit rendue. Je soumets ce garçon au jeu de la vérité. Nous jouerons le sort du jeune sorcier prisonnier. Je vais mettre deux bouts de papier dans mon casque. Un avec l'inscription *innocent,* l'autre avec l'inscription *coupable.* Tu dois tirer un papier au hasard, jeune prétentieux. Si tu prends celui avec le mot *innocent,* je laisse la vie sauve à ton ami le sorcier. Si, par contre, tu piges le mot *coupable,* nous aurons trois personnes à brûler sur le bûcher : le jeune sorcier, ton père et toi. Ceux qui prennent la défense des ennemis de Yaune-le-Purificateur sont des traîtres qui méritent la mort. Ceci apprendra à ton père qu'il vaut parfois mieux suivre la loi du maître d'un royaume plutôt que ses certitudes intérieures. Amenez-moi deux morceaux de papier que je m'exécute !

Pendant que Yaune écrivait, Amos fit un clin d'œil discret à Béorf en souriant et lança :

— Je me soumets aux lois de ce royaume et c'est avec plaisir que je jouerai au jeu de la vérité. Permettez-moi simplement de voir ce que vous avez marqué sur les deux bouts de papier avant de les mettre dans votre casque.

Yaune parut surpris de cette requête, mais il se ressaisit vite et déclara :

— Trêve de balivernes et de stupidités ! Je suis un chevalier, je ne peux mentir ni tricher. Monte sur la tribune et que la vérité éclaire vos vies à tous !

Le malaise du seigneur de Bratel-la-Grande conforta Amos dans sa conviction : il avait inscrit *coupable* sur les deux morceaux de papier. C'était marqué dans les yeux du vieil homme. De son côté, Urban Daragon suait à grosses gouttes en espérant fortement que son fils ait une ruse capable de leur éviter le bûcher. Barthélémy regardait nerveusement la scène avec la certitude qu'au petit matin, il verrait s'enflammer ses nouveaux amis. Béorf, le souffle court, n'arrivait pas à croire qu'Amos puisse risquer sa propre vie et celle de son père pour le sauver, lui, un hommanimal détesté de tous les humains. La foule, certaine de l'issue du jeu, restait sereine. Le seigneur du royaume ne s'était jamais trompé, et personne ne doutait que, le lendemain, il y aurait à Bratel-la-Grande un grand feu de joie.

Amos plongea calmement la main dans le casque. Puis, d'un geste vif, il prit un bout de papier, le porta à sa bouche et l'avala d'un coup. Yaune hurla :

— Que fais-tu, petit sot ?

Sourire aux lèvres, Amos déclara :

— C'est simple : j'ai pris un morceau de papier et je l'ai mangé.

On entendit les ricanements de nombreux spectateurs, et Yaune, dans une colère noire, s'écria :

— Mais pourquoi, espèce de bourricot, as-tu fait cela ?

Amos répondit solennellement :

— Puisque j'ai mangé le papier que j'ai tiré au hasard, personne ici ne sait si mon ami est innocent ou coupable. Pour le savoir, nous n'avons qu'à regarder... sur le bout de papier qui est resté dans le casque. Si ce papier porte le mot *innocent,* c'est que j'ai mangé celui qui portait le mot *coupable.* Donc, vous nous brûlez demain matin à la première heure. Mais, par contre, si l'on trouve le mot *coupable* sur le bout de papier qui reste dans le casque, cela voudra dire que j'ai mangé celui avec le mot *innocent.* Ainsi, notre salut sera assuré ! Maintenant, j'aimerais que Barthélémy s'approche afin de lire le verdict de votre jeu de la vérité.

Le chevalier s'avança, sortit le papier du casque et cria haut et fort :

— Coupable !

Amos reprit la parole :

— Cela prouve que j'ai tiré et mangé le papier où était marqué le mot *innocent,* à moins qu'il y ait eu dans ce casque deux fois le mot *coupable.* Je ne pense pas que le chef des chevaliers de la lumière soit un tricheur. C'est donc la vérité qui vient de parler !

La foule se mit à applaudir à tout rompre. Yaune se leva brusquement et déclara, rouge de colère :

— La vérité a parlé, libérez le gros garçon de sa cage.

Puis il murmura à l'oreille d'Amos :

— Je te ferai payer chèrement ta ruse. Tu sauras qu'on ne contrarie pas le seigneur de Bratel-la-Grande sans en subir les conséquences.

VI

L'expulsion de Bratel-la-Grande

Amos rentra à l'auberge, accompagné de son père et de Béorf. Une lune ronde et claire éclairait doucement Bratel-la-Grande. Le jeune hommanimal fut accueilli chez les Daragon comme un fils. Pendant le repas, Amos expliqua à ses parents comment il avait fait la connaissance de Béorf dans la forêt. Il leur raconta aussi que les chevaliers avaient capturé son père et sa mère pour ensuite les faire griller sur le bûcher.

Inquiète, Frilla proposa qu'ils quittent tous le plus rapidement possible Bratel-la-Grande. Leur but était de toute façon d'atteindre le bois de Tarkasis. Et puis, s'attarder plus longtemps ici, dans cette auberge, mais surtout dans cette ville où les chevaliers étaient prêts à brûler n'importe qui, ne lui paraissait pas de bon augure. Il fut décidé que, dès l'aube, ils reprendraient leur route avec Béorf. Leur bourse se portait encore bien et les chevaux s'étaient amplement reposés.

Béorf commença à raconter à son tour ce qu'il avait vu dans la forêt quand, soudain, il s'arrêta net, les yeux fixés sur le chat recueilli par la famille. Amos sourit.

— Ne t'en fais pas, il n'est pas dangereux. Nous avons trouvé ce chat aveugle dans un village avant d'arriver ici. C'était le seul être vivant des lieux, tous les hommes et les animaux avaient été transformés en statues. Nous avons eu pitié de lui et nous l'avons emmené avec nous.

Béorf sifflota pour attirer l'attention du chat et lui lança un morceau de viande qu'il avait pris dans son assiette. Le félin bondit aussitôt pour l'attraper.

— Cet animal n'est pas aveugle, vous voyez bien ! Ne vous fiez pas à l'apparence de ses yeux. Soyez prudents avec ce chat, il n'est pas normal. Il y a quelque chose en lui qui ne m'inspire pas confiance du tout. Je peux sentir ce genre de chose avec les animaux. Je sais percevoir en eux les intentions malveillantes. Il cache bien son jeu. Il joue à l'aveugle, mais en réalité, il nous observe et, en plus, il nous écoute.

Pour calmer son invité, Frilla Daragon attrapa le chat et monta l'enfermer dans sa chambre, au premier étage. Elle examina bien l'animal avant de le déposer sur le lit : ce chat était bel et bien aveugle. Deux impressionnantes cataractes couvraient ses yeux. Après cette minutieuse inspection, elle fut convaincue que le jeune hommanimal s'était trompé et revint paisiblement s'asseoir à table. Béorf reprit le récit de ce qu'il avait vu dans la forêt :

— C'étaient des femmes. Leur corps était monstrueux et puissant. Elles avaient des ailes dans le dos et de longues griffes aux pieds. Leur tête était massive et complètement ronde. Elles avaient une peau verdâtre, un nez épaté et des dents proéminentes comme celles d'un sanglier. Ces créatures avaient en plus une langue fourchue qu'elles laissaient pendre sur le côté. J'ai vu dans leurs yeux une lueur flamboyante. En les regardant, je me demandais ce qui pouvait ainsi agiter constamment leur chevelure. J'ai failli mourir de peur quand je me suis rendu compte qu'il ne s'agissait pas de cheveux, mais bien de dizaines et de dizaines de serpents qui se tortillaient sans cesse! Ces vilaines créatures se mettent à vivre la nuit et elles crient tout le temps, car elles se font sans cesse mordre par leurs cheveux-serpents qui s'attaquent à leurs épaules et à leur dos. Leurs plaies sécrètent constamment un liquide noir, épais et gluant. Et puis, ce que je sais aussi, c'est que dès qu'elles croisent le regard d'autres êtres vivants, ils sont immédiatement pétrifiés!

— Mais, dis-moi une chose, l'interrompit Amos. Comment peux-tu savoir qu'elles ont une lueur flamboyante dans les yeux si tous ceux qui les regardent se transforment en statues? Tu aurais dû toi-même être pétrifié…

Béorf parut surpris de la question. Effectivement, il aurait dû subir le même sort que les autres, hommes comme animaux. Il prit quelques secondes pour bien se rappeler ce qui s'était passé, puis il expliqua les circonstances de sa rencontre avec ces monstres:

— J'étais près d'un petit village où je cherchais des fruits sauvages lorsque la nuit m'a surpris. Je me suis endormi en me couchant dans l'herbe encore chaude. Ce sont les cris des villageois paniqués qui m'ont réveillé. En ours, je me suis approché un peu plus des habitations, pour voir ce qui provoquait autant d'émoi.

Je me suis caché derrière la forge et j'ai regardé par un trou du mur mais, de l'endroit où je me trouvais, je n'arrivais pas à voir directement l'action. C'est alors que j'ai aperçu, dans l'atelier du forgeron, un grand miroir. Ce devait être les chevaliers qui s'en servaient lorsqu'ils essayaient de nouvelles pièces d'armure. Les chevaliers de la lumière sont tellement fiers et imbus d'eux-mêmes que, s'ils le pouvaient, ils iraient à cheval avec une glace devant eux pour être en mesure de s'admirer continuellement. Toujours est-il que, grâce à ce miroir, j'arrivais à distinguer très clairement les créatures. J'ai même bien vu leurs yeux, mais sans être pour autant transformé en statue. Je me rends compte aujourd'hui que j'ai eu beaucoup de chance de m'en tirer vivant !

— Maintenant que nous savons de quoi ces bêtes ont l'air, dit Frilla, j'aimerais bien savoir ce qu'elles veulent et pourquoi elles s'attaquent à cette ville et à ses habitants.

Amos bâilla et répondit :

— Nous connaissons au moins la façon d'éviter d'être transformés en statue. En plus, il est évident que...

— Chut ! Tais-toi..., murmura Béorf en saisissant le bras de son ami. Regarde discrètement sur la poutre au-dessus de toi. Ton chat aveugle nous épie.

Instinctivement, tous les membres de la famille levèrent la tête en même temps vers le plafond. Le chat était bel et bien là, juste au-dessus de la table, et semblait écouter la conversation.

— Vous voyez que j'avais raison, fit Béorf. Cet animal a les oreilles trop grandes et les yeux trop ronds pour être un simple minet domestique. Dès qu'il descend de son perchoir, je lui fais sa fête! Ce sale petit fouineur travaille pour ces créatures, j'en suis certain.

À ce moment précis, Barthélémy, escorté de cinq autres chevaliers, entra dans l'auberge. Il s'approcha de la table des Daragon et déclara :

— Par ordre de Yaune-le-Purificateur, seigneur et maître de Bratel-la-Grande, nous devons expulser de la ville Amos Daragon et son ami Béorf. Je suis vraiment désolé d'avoir à faire une chose pareille, mais je dois obéir aux ordres. Chevaliers, amenez-les !

D'un bond, Urban se leva pour empêcher les soldats de toucher à son fils. Il reçut alors un puissant coup de bâton derrière la tête et perdit connaissance. Frilla essaya de dissuader Barthélémy d'amener son enfant en implorant sa miséricorde. Hors des murs de la ville, Amos serait une proie facile pour les créatures qui assiégeaient Bratel-la-Grande. Rien à faire, Barthélémy demeurait sourd aux supplications de la femme. Béorf voulut se transformer en ours et vendre chèrement sa peau, mais Amos réussit à le convaincre de contenir sa violence. Lorsque les chevaliers quittèrent l'auberge, accompagnés de leurs deux prisonniers, le chat sauta de la poutre jusque sur le rebord de la fenêtre et, à la vitesse de l'éclair, disparut dans la nuit par un carreau cassé.

On ouvrit les deux immenses portes en bois et la herse de la ville. Une fois que les chevaliers les eurent fait sortir et eurent tout refermé derrière eux, Amos et

Béorf se retrouvèrent complètement seuls, livrés à eux-mêmes dans la nuit.

— Réfléchissons, mon ami, fit Amos, nous avons besoin d'une cachette ! Je ne connais rien de la plaine qui entoure cette ville et encore moins la forêt. C'est à toi de nous tirer de là avant que les créatures à la chevelure de serpents ne nous mettent la griffe dessus !

— Je sais où nous irons, dit Béorf. Monte sur mon dos et accroche-toi !

Sur ces mots, le jeune hommanimal se transforma en ours. Amos sauta sur son dos, s'agrippa solidement à son poil. En moins d'une seconde, ils étaient partis. Malgré l'obscurité, Béorf courait très vite. Il connaissait assez bien les environs pour éviter tous les obstacles et s'orienter sans aucune difficulté.

Après une assez longue course dans les bois, les deux compagnons arrivèrent au pied d'un arbre gigantesque. Béorf, redevenu humain, suait à grosses gouttes. Étendu sur le dos, son gros ventre bien bombé, il lui fallut quelques minutes pour reprendre son souffle.

— Des... descen... descendons... descendons vite ! finit-il par dire.

En creusant un peu avec ses mains, Béorf dégagea une trappe. Les deux amis descendirent à tour de rôle une échelle conduisant sous terre, directement sous l'arbre. Lorsqu'ils atteignirent le fond du trou, l'obscurité était totale. Béorf chercha à tâtons une lampe qu'il trouva presque aussitôt.

— Regarde bien, Amos, je vais faire de la magie !

Le garçon grogna quelque chose de doux. Une espèce de râlement sortit de sa poitrine. Amos leva la tête et vit plein de petites lumières entrer par la trappe restée ouverte. Au-dessus d'eux volaient des dizaines et bientôt des centaines de lucioles. Les insectes descendirent soudain vers Béorf et vinrent s'agglutiner à l'intérieur de la grande lampe en verre de forme allongée qu'il tenait à la main. La lumière se répandit alors dans la pièce souterraine qui était en fait une bibliothèque.

Les quatre murs étaient recouverts de livres. Des petits, des gros, il y en avait partout. Au centre trônait un large pupitre avec une chaise confortable. Dans un coin, un tas de paille et des couvertures faisaient office de lit. Béorf remonta l'échelle pour fermer la trappe et dit :

— Cette cachette est sûre et personne ne nous trouvera ici. Bienvenue dans la tanière de mon père. C'était un passionné de lecture. Il étudiait constamment. Ici, il y a des livres sur tous les sujets. Mon père les faisait venir de loin. Plusieurs sont écrits dans des langues bizarres, incompréhensibles pour moi. Regarde-les si tu en as envie. Moi, je suis épuisé, je vais me coucher. Pour éteindre les lucioles, tu n'auras qu'à grogner trois fois. Bonne nuit, Amos.

À peine Béorf s'était-il couché qu'il ronflait déjà. Amos arpenta la pièce en regardant les livres. Il devait y en avoir un bon millier. Certains étaient vieux et poussiéreux, d'autres semblaient nettement plus récents. Amos remarqua un livre qui avait été mal replacé sur une des étagères de la bibliothèque. C'était un vieux bouquin qui avait été retranscrit à la main et qui était intitulé : *Al-Qatrum, les territoires de l'ombre*. Il le prit, s'assit au bureau du défunt père de Béorf et se mit à lire.

On parlait dans ce livre d'une contrée située à la frontière de l'Hyperborée. Un monde caché dans les entrailles de la terre où le soleil ne brillait jamais. C'était le repaire des créatures de la nuit, le lieu de naissance d'une foule de monstres qui s'étaient par la suite propagés sur la Terre.

À sa grande surprise, Amos tomba sur un dessin représentant exactement les êtres qu'avait décrits Béorf à l'auberge. On les appelait les gorgones. Leur origine semblait remonter à très longtemps. La princesse Méduse, une belle jeune femme, régnait sur une île dans la grande mer de l'Hyperborée. Sa beauté était telle que Phorcys, le dieu des Eaux, en était tombé follement amoureux. Céto, la sœur de Phorcys, désirait tant garder pour elle seule l'amour de son frère qu'elle transforma Méduse en une créature répugnante et dangereuse. Pour être certaine que Phorcys ne croiserait jamais plus son regard, elle donna à la princesse le don de transformer en statue de pierre tout être vivant qui la regarderait dans les yeux. Méduse reçut aussi l'immortalité comme cadeau empoisonné. Elle serait donc condamnée à supporter sa laideur pour des siècles et des siècles. Chaque fois qu'un de ses cheveux-serpents mordait Méduse, la goutte de sang qui tombait par terre devenait immédiatement un serpent qui, après de longues années, se métamorphosait en gorgone. Apparemment, l'île de la belle Méduse existait toujours et était peuplée de statues de pierre.

Amos referma le livre. Maintenant qu'il connaissait l'histoire de ces monstres, il devait trouver la raison pour laquelle ils attaquaient les habitants du royaume des chevaliers de la lumière. Le père de Béorf essayait certainement d'élucider ce mystère avant sa mort. Si ce livre était mal replacé dans la bibliothèque, c'était sans doute parce qu'il l'avait consulté récemment. En regardant dans le tiroir du bureau, Amos découvrit les notes de monsieur Bromanson. Il y vit, dessiné sur une feuille, le pendentif en forme de tête de mort que portait Yaune-le-Purificateur. Désireux d'approfondir sa recherche, Amos continua à lire.

Selon le père de Béorf, Yaune-le-Purificateur avait volé, dans sa jeunesse, cette relique sacrée. À l'époque, on l'appelait Yaune-le-Provocateur. Sur une terre lointaine, alors qu'il attaquait avec son armée un village peuplé de sorciers, il avait subtilisé, dans un temple sacré, cet important objet de magie noire. Le propriétaire du pendentif, un cruel magicien de l'ombre, était à la recherche de son bien depuis ce temps. Un seul homme de l'armée des chevaliers de la lumière était revenu sain et sauf à Bratel-la-Grande. Clamant qu'il avait éliminé tous ses ennemis, Yaune-le-Provocateur avait reçu le nom de Yaune-le-Purificateur et avait été proclamé seigneur et maître de la capitale.

«Tout s'explique, pensa Amos. C'est certainement au cours de cette bataille qu'est mort le père de Barthélémy. Les gorgones sont au service de ce magicien de l'ombre et, tant et aussi longtemps qu'il ne récupérera pas son pendentif, la ville et ses alentours seront en danger. Je comprends maintenant pourquoi Yaune brûle tous les magiciens que ses chevaliers capturent. Il a peur et il sait qu'il n'est pas de taille à lutter contre le sorcier. »

Amos, se sentant observé, leva soudainement la tête. Devant lui, dans l'ombre du passage menant à la trappe, tout près de l'échelle, le chat aveugle le regardait. La bête recula de quelques pas et disparut dans les ténèbres.

VII

Le druide

Amos eut de la difficulté à trouver le sommeil. Les gorgones, le pendentif, Yaune, mais surtout le chat, tout cela tournait dans sa tête en alimentant ses pensées d'images plutôt sombres. Lorsqu'il s'éveilla, Béorf avait servi le petit-déjeuner sur le bureau de son père. Il y avait du miel, des noix, des fruits sauvages, du pain, du lait et des gâteaux. Une douce lumière entrait dans la bibliothèque par une fenêtre ronde qui s'ouvrait dans le plafond. Amos n'en croyait pas ses yeux.

— Mais où as-tu trouvé tout ça? demanda-t-il à son ami.

— J'ai mes cachettes, répondit Béorf en avalant un gros morceau de pain dégoulinant de miel.

Amos prit avec son ami le premier repas de la journée. Il lui exposa en détail tout ce qu'il avait découvert sur le travail de son père. Puis il lui raconta son aventure à la baie des cavernes, son départ du royaume d'Omain, puis son voyage avec ses parents jusqu'à Bratel-la-Grande. Le garçon sortit ensuite, d'un petit sac lui servant de poche à l'intérieur de son armure, la pierre blanche de la sirène. Il la posa sur la table.

— Regarde. Je dois me rendre au bois de Tarkasis pour remettre cette pierre à une certaine Gwenfadrille. Je dois également lui dire que son amie Crivannia, la princesse des eaux, est morte et que son royaume est tombé aux mains des merriens. Je dois aussi lui apprendre que j'ai été choisi par Crivannia comme porteur de masques. Si seulement je pouvais savoir ce que tout cela peut bien vouloir dire. Je n'y comprends absolument rien.

Comme Amos terminait sa phrase, le chat aveugle sauta du haut d'un rayon de la bibliothèque et vint atterrir directement sur la table. Avec ses dents, il saisit la pierre blanche et fonça vers la sortie. D'une voix rauque et sonore, Béorf cria :

— Je vais te réduire en bouillie, sale bête !

Maintenant transformé en ours, il se lança à la poursuite du chat. Celui-ci grimpa l'échelle sans la moindre difficulté et se faufila par la trappe. Béorf tomba deux fois en essayant de monter les échelons. La première fois, il retomba sur les fesses ; la deuxième fois, sur le nez. Le troisième essai fut le bon. Amos prit rapidement ses affaires, coinça sous son bras le livre *Al-Qatrum, les territoires de l'ombre*, remit son trident en bandoulière et courut à son tour vers la sortie. Une fois à l'extérieur, il suivit les traces de Béorf. La piste menait tout droit à Bratel-la-Grande.

Amos constata avec étonnement que, malgré l'heure tardive, la herse protégeant les portes de la ville était encore ouverte. Il n'y avait aucun paysan dans les champs. Amos comprit alors ce qui s'était passé. Lorsqu'il pénétra dans la capitale, ses doutes furent confirmés. Avec stupéfaction, il vit que tous les habitants avaient été transformés en statues de pierre. Personne ne semblait avoir échappé à la malédiction.

Le jeune garçon courut vers l'auberge Le blason et l'épée. Chemin faisant, il ne croisa que des êtres pétrifiés au visage marqué par la peur. À la porte de l'auberge, Barthélémy, immobile, faisait pitié à voir. Amos chercha ses parents, mais en vain. Cependant, il gardait bon espoir de les retrouver sains et saufs : Urban et Frilla connaissaient les pouvoirs des gorgones et avaient dû s'enfuir à temps. Ce furent les cris d'un ours paniqué, provenant du centre de la ville, qui lui rappelèrent son ami Béorf. À toute vitesse, Amos se rendit sur la place du marché.

L'hommanimal était prisonnier de solides racines. Celles-ci s'étaient enroulées autour de ses pattes, de son corps et de sa gorge. C'était incompréhensible ! Comment ces racines avaient-elles pu pousser si vite pour immobiliser ainsi complètement son ami ? Saisissant son trident, Amos essaya de libérer Béorf quand, soudain, une voix de vieillard l'arrêta.

— Il ne sert à rien, monsieur Daragon, d'essayer de libérer votre ami. La force d'une racine est égale à la puissance du druide qui l'a fait pousser. Et sans vouloir me vanter, je vous affirme qu'une bonne dizaine de bûcherons armés de solides haches ne parviendraient pas à les couper.

Amos pointa nerveusement son arme sur l'homme. Son adversaire avait une longue barbe grise et sale. Ses cheveux étaient très longs et affreusement emmêlés, pleins de bouts de branches, de feuilles d'arbres et de foin. Il portait une robe brune, tachée et trouée. Une tresse de plantes grimpantes en guise de ceinture, des sabots de bois et un long bâton tordu complétaient son accoutrement. Un énorme champignon rouge lui poussait dans le cou, et ses mains étaient couvertes de mousse comme celle qui enrobe habituellement les rochers. Le chat aveugle se tenait aux pieds du vieillard, se frottant la tête contre ses jambes.

— Arrêtez de me menacer ainsi avec votre arme, jeune homme! Vous me faites peur! Ah! que vous me faites peur! dit en riant le vieux druide. Discutons un peu maintenant. Je dois savoir si vous êtes digne de la confiance que Crivannia vous a donnée avant de mourir.

Mais Amos ne l'écoutait pas.

— Votre chat a volé ma pierre blanche et je désire la récupérer immédiatement!

Le vieil homme fut surpris du ton tranchant de son interlocuteur.

— Monsieur Daragon a des exigences, il me donne des ordres et me menace avec son trident d'ivoire! Il est vrai que c'est une arme dangereuse, mais comme vous ne semblez pas savoir vous en servir correctement, je crains peu pour ma vie.

Le druide ouvrit la main et Amos put apercevoir la pierre blanche entre ses doigts sales.

— Vous connaissez mon chat, je pense. Je vous observe à travers ses yeux depuis un bon moment. Vous êtes malin, mon cher enfant. Je sens venir votre question: pourquoi cette bête est-elle parfois aveugle et parfois non? Bonne question, monsieur Daragon! Je vous réponds de suite. Quand je regarde à travers lui, il cesse d'être aveugle. C'est aussi simple que cela. Encore une question ? Oui ! Suis-je le magicien de l'ombre qui cherche son pendentif et gouverne l'armée de gorgones ? Non, monsieur Daragon, je vous l'ai dit, je suis un druide. Un druide un peu sale, je l'avoue ; un druide qui ne sent pas toujours très bon, je vous l'accorde aussi, mais je ne suis pas méchant et je ne travaille pas pour les forces des ténèbres, ni d'ailleurs pour les forces de la lumière. Enfin... vous comprendrez plus tard. Ah non ! vous avez encore une question ! Qu'est-ce que je fais ici, à cette heure et aujourd'hui même en plein centre d'une ville peuplée de statues avec votre pierre blanche dans la main ? Nous y viendrons... Patience ! C'est vous maintenant qui allez répondre à mes questions. Je veux savoir si vous êtes assez intelligent pour devenir un porteur de masques.

— Libérez Béorf d'abord, exigea Amos. Je répondrai ensuite à toutes vos questions.

Le druide sourit. Il avait les dents jaunes, à moitié pourries et branlantes. D'un mouvement de nez, le vieil homme annula son sort pour gagner la confiance d'Amos. Les racines qui emprisonnaient l'hommanimal tombèrent mollement par terre et se desséchèrent aussitôt.

— Pense vite, jeune ami, dit le vieil homme. Qu'est-ce qui peut sauter par-dessus une maison une seule fois et pas deux ?

— Simple ! Un œuf, répondit Amos du tac au tac. Lancé par quelqu'un, il pourrait facilement sauter par-dessus une maison, mais je doute qu'après l'atterrissage il puisse ressauter ailleurs que dans une poêle à frire.

Le vieillard parut surpris de la justesse de la réponse. Il poursuivit :

— C'était une facile, celle-là ! Je complique. Quelle bête peut passer par-dessus une maison et ne peut pas franchir une rigole d'eau ?

— Vous la croyez plus difficile ? demanda Amos en pouffant. Elle est, je pense, beaucoup plus simple que l'autre. C'est la fourmi, bien sûr.

Le druide commençait à s'échauffer. Jamais il n'avait vu un individu doté d'une telle vivacité d'esprit.

— Bonne chance avec celle-là ! Qu'est-ce qui fait le tour du bois sans jamais y pénétrer ?

— L'écorce, répondit Amos avec un soupir d'exaspération. Trop facile, vraiment trop facile !

— Celle-là, c'est ma meilleure ! Écoute bien ! continua le druide, certain de la complexité de sa prochaine question. Qu'est-ce qui fait de l'ombre dans les bois sans jamais y être ?

Amos éclata de rire.

— C'est le soleil qui fait de l'ombre dans les bois sans jamais y être ! Vous qui vous croyez si malin, répondez maintenant à cette question. Plus on en met et moins ça pèse : qu'est-ce que c'est ?

Le druide réfléchit un instant et avoua :

— Je ne sais pas. Qu'est-ce que c'est ?

— Je vous le dirai lorsque vous m'aurez expliqué ce que vous faites ici.

— Vous jurez de me le dire, monsieur Daragon ? demanda anxieusement le druide.

— Je n'ai qu'une parole ! répliqua le jeune garçon.

— Très bien… très bien. Bon, pour rendre simple quelque chose de relativement compliqué, je dirai que je suis venu enquêter sur les événements des dernières semaines, sur Yaune-le-Purificateur et sur le pendentif. Vos lectures d'hier m'ont fortement aidé. Je lisais, par les yeux de mon chat, les mêmes choses que vous. Mon ordre druidique pense que le pendentif est dangereux et qu'il ne doit en aucun cas tomber entre de mauvaises mains. C'est pour cela que, durant la nuit, lorsque Yaune a été transformé en statue avec son armée, j'ai subtilisé son pendentif afin que les gorgones ne puissent pas le remettre à leur maître. Vous voyez, monsieur Daragon, je suis un puissant druide, mais je ne dois en aucun cas être impliqué directement dans cette affaire. Je suis un magicien de la sphère de la nature et non pas un porteur de masques. Je protège les animaux et les plantes, pas les hommes. Il y a dans ce monde deux forces qui s'entrechoquent constamment : le bien et le mal. C'est ce que nous appelons les forces de la lumière et les forces des ténèbres. Depuis le début des temps, depuis que le Soleil et la Lune se sont partagé la Terre, ces deux puissances se livrent une bataille constante par l'entremise des peuples de ce monde. Les porteurs de masques sont des êtres choisis pour leurs qualités spirituelles et intellectuelles. Ils ont pour mission de rétablir l'équilibre entre le jour et la nuit, entre le bien et le mal. Comme il est impossible de se débarrasser du Soleil aussi bien que de la Lune, c'est l'équilibre qui doit triompher. Les porteurs de masques n'existent plus depuis plusieurs siècles. Si Crivannia vous a choisi, c'est parce qu'elle a voulu faire de vous le premier homme d'une nouvelle génération de guerriers. Votre tâche est de ramener un juste équilibre dans ce monde. Une grande guerre se prépare. Déjà, les merriens s'attaquent aux sirènes et, bientôt, ils s'empareront des océans. Rendez-vous vite au bois de Tarkasis. Je vous redonne votre pierre et je vous confie le pendentif de Yaune-le-Purificateur. À vous de juger s'il doit être rendu à son propriétaire. Cela n'est pas ma tâche, c'est la vôtre. Nous nous reverrons sûrement. Puis-je connaître la réponse de votre énigme maintenant ? Plus on en met et moins ça pèse. Qu'est-ce que c'est ?

— Je vais vous le dire... Mais avant, expliquez-moi ce qu'est un porteur de masques, fit Amos.

— Je ne peux vous répondre, monsieur Daragon, répliqua le druide sur un ton désolé. Dites-moi, je veux savoir ! Plus on en met et moins ça pèse... Qu'est-ce que c'est ?

— Des trous dans une planche de bois, répondit le garçon sans émotion.

Le vieillard riait aux éclats en se tapant sur le ventre.

— Elle est bonne ! Meilleure que toutes les miennes ! J'aurais dû y penser ! Des trous dans une planche de bois ! C'est évident, plus on en met et moins ça pèse ! Prenez le pendentif et la pierre ! Elle est vraiment bonne ! Trop bonne ! Mon chat gardera un œil sur vous ! Au revoir et bonne chance ! Des trous dans une...

Le druide se dirigea en riant vers un des gros arbres de la place et disparut en passant directement au travers du tronc. Béorf, redevenu humain, s'approcha de son ami Amos, lui passa un bras autour du cou et dit en caressant le pendentif du bout de son index :

— Je pense qu'on est vraiment, mais vraiment dans de beaux draps !

Amos ne savait plus que faire. Il se trouvait dans une situation qui le dépassait totalement.

— Je suis désespéré, Béorf. Je ne sais pas quoi faire avec cette pierre blanche. Je ne sais pas quoi faire non plus de cet horrible pendentif. Mes parents ont disparu et je n'ai aucune idée de l'endroit où ils se trouvent. J'ai été choisi comme porteur de masques et je ne sais pas grand-chose sur cette fonction. Mon trident d'ivoire est, au dire du druide, une arme puissante que je ne sais pas utiliser correctement. Bientôt, nous aurons à nos trousses une armée de gorgones dirigée par un magicien des ténèbres en colère. Nous sommes au centre d'une capitale peuplée de statues et j'ai la certitude que ces créatures reviendront cette nuit pour fouiller les lieux. Comment fait-on pour rétablir l'équilibre entre le bien et le mal ? Y a-t-il une façon de rompre le maléfice pour redonner vie à tous les habitants du royaume ? Ceux-ci paient chèrement pour le vol de ce pendentif et ils ne méritent pas de rester ainsi pétrifiés pour l'éternité. J'ignore par quel bout commencer et quelle est la meilleure solution pour nous sortir de ce pétrin.

— Réfléchissons et tentons d'analyser calmement la situation, dit Béorf. Ta mission première est de te rendre au bois de Tarkasis. C'est ce que tu dois faire avant toute chose. Si tu pars avec le pendentif, les gorgones te suivront et tous les villages que tu traverseras sur ta route seront frappés par la malédiction de ces créatures. Je pense qu'elles sentent la présence et la puissance de cet objet. Nous pourrions essayer de le détruire, mais il renferme peut-être un pouvoir qu'il nous serait utile de posséder. En fait, le magicien des ténèbres est venu ici pour retrouver son pendentif et il ne doit pas sortir de ce territoire. Je ferai en sorte de laisser des indices de ma présence et surtout de son bijou. Ainsi, le sorcier restera dans les frontières du royaume. Nous devons apprendre qui il est, où il se cache et comment nous en débarrasser. Nous allons nous séparer. Moi, je demeure ici et tu me confies le pendentif. Je connais bien la plaine et la forêt des alentours. Je me cacherai et jamais les gorgones ne me trouveront. Je protégerai le pendentif pendant que tu iras à la recherche d'autres informations sur cette pierre blanche, sur ton trident et sur ta mission. Pars vite, tu auras le temps de quitter le royaume avant la nuit. Fais-moi confiance, c'est la meilleure solution.

Ne voulant pas laisser son ami seul face au danger, Amos insista pour trouver une autre solution, mais les arguments de Béorf étaient solides comme du roc. C'était effectivement la chose la plus logique à faire. Il lui confia donc le pendentif et se rendit à l'auberge Le blason et l'épée pour prendre ses affaires. Comme tous les chevaux avaient eux aussi été pétrifiés, c'est à pied qu'Amos devrait faire son voyage.

— Bon, je te laisse, Béorf. Fais bien attention à toi.

Le jeune hommanimal sourit puis, transformant sa main droite en patte d'ours, il exhiba ses longues griffes acérées et dit :

— Les gorgones, j'en fais mon affaire !

VIII

LES CHOSES SE PRÉCISENT

Cela faisait presque deux semaines qu'Amos avait quitté Bratel-la-Grande. C'était un voyage aussi long qu'éprouvant. Ne sachant pas où se trouvait le bois de Tarkasis, le jeune garçon interrogeait beaucoup de gens. La plupart n'avaient jamais entendu ce nom ou s'ils en savaient quelque chose, c'était par le biais de contes et de légendes. C'était donc dans la plus totale incertitude qu'Amos allait de village en village, parfois avec des caravanes de marchands, parfois avec des troubadours qui accordaient peu d'attention à ses questions.

Plus souvent seul qu'accompagné, Amos devait se débrouiller pour trouver à manger, soit dans les bois, soit chez des paysans avec qui il échangeait de temps en temps une journée de travail aux champs contre le couvert et le gîte pour la nuit. Le plus souvent, il dormait seul dans les bois, au bord de chemins peu fréquentés. Amos était chaque jour un peu plus désemparé et il regrettait que son ami Béorf ne soit pas avec lui. Il lui arrivait souvent de penser qu'il avait pris la mauvaise décision en quittant seul Bratel-la-Grande.

Des rumeurs troublantes se propageaient un peu partout. On disait, entre autres, que les chevaliers de la lumière avaient subi un terrible maléfice et que leur royaume devait être évité à tout prix. Les villageois se montraient suspicieux et peu accueillants avec les étrangers. Amos se reconnut dans une rumeur selon laquelle il fallait se méfier d'un garçon d'une dizaine d'années qui, étrangement, voyageait sans ses parents. De ce fait, beaucoup de gens lui posaient un tas de questions sur tout et sur rien, tout simplement parce qu'ils doutaient de ses intentions.

La seule distraction d'Amos durant son long périple vers le bois de Tarkasis fut la lecture de *Al-Qatrum, les territoires de l'ombre*, qu'il avait pris dans la bibliothèque du père de Béorf. Ce livre était en fait une encyclopédie des créatures malfaisantes de la nuit. Il y avait des cartes, des dessins et de nombreuses informations sur des monstres inimaginables.

C'est ainsi qu'Amos apprit l'existence du basilic. L'image qu'on montrait de cette bête était assez impressionnante. Elle avait un corps et une queue de serpent, une crête sur le dessus de la tête, un bec de vautour, des ailes et des pattes de coq. Décrit comme l'une des créatures les plus abominables et effrayantes de ce monde, ce monstre était l'œuvre des magiciens des ténèbres. Pour en faire naître un, il fallait trouver un œuf de coq et le faire couver par un crapaud pendant au moins une journée. Ainsi voyait le jour un monstre qui, par son seul sifflement, était capable de paralyser sa victime pour l'attaquer ensuite.

Le basilic mordait toujours au même endroit, soit dans la chair tendre de la nuque. Extrêmement venimeuse, sa morsure était fatale. Toujours d'après le bouquin, le regard d'un basilic pouvait flétrir la végétation qui se trouvait autour de lui ou rôtir un oiseau en plein vol. Apparemment, il n'existait encore aucun antidote contre la morsure du basilic. Pas plus gros qu'une poule, agile comme un serpent et vorace comme un charognard, le basilic tuait juste pour le plaisir. Les humains étaient ses proies préférées, et l'auteur du livre mentionnait de nombreuses villes qui avaient été complètement décimées par seulement trois ou quatre de ces monstres.

Cette dangereuse créature devenait cependant très vulnérable dans certaines conditions. Par exemple, elle mourait sur-le-champ si elle entendait le cocorico d'un coq. En outre, le basilic, tout comme la gorgone, ne pouvait supporter de voir le reflet de sa propre image. Il vivait donc continuellement dans la crainte des miroirs et autres surfaces réfléchissantes qui pouvaient causer sa mort immédiate.

Voilà maintenant que les pièces du casse-tête se mettaient une à une en place dans la tête d'Amos, lui permettant d'entrevoir une solution pour libérer Bratel-la-Grande des femmes aux cheveux-serpents. D'abord, les gorgones ne quitteraient pas la ville sans avoir récupéré le fameux pendentif que Béorf avait gardé sur lui. Ensuite, Yaune-le-Purificateur, qui connaissait les pouvoirs des gorgones et qui aurait dû par conséquent être en mesure de protéger ses hommes, avait commis une grave erreur. Étant donné que les armures toujours bien polies des chevaliers de la lumière étaient de vrais miroirs, ces créatures auraient dû périr instantanément en leur faisant face, avant même de pouvoir jeter leur sort sur la ville. Or, Yaune avait négligé un détail important : les gorgones attaquaient toujours durant la nuit, c'est-à-dire à des heures où il faisait trop noir pour que les miroirs reflètent quoi que ce soit.

Le seul moyen d'éliminer tous ces monstres en même temps serait donc d'installer des miroirs un peu partout dans la ville et d'éclairer cette dernière de mille feux, d'un seul coup ! Mais comment arriver à mettre en place ce système infaillible ? Il y avait bien les lucioles de Béorf, mais jamais celui-ci ne parviendrait à en appeler des milliers, voire des millions.

Alors qu'Amos arrivait dans un village en réfléchissant à la façon d'éliminer les gorgones, il s'arrêta à une fontaine pour s'y abreuver. Une vieille femme, courbée sur sa canne et tout habillée de blanc, l'interpella :

— Qui es-tu, jeune homme, et que fais-tu ici ?

— Je dois me rendre au bois de Tarkasis. Je ne connais pas la région, pouvez-vous m'aider ?

La vieille resta un instant pensive.

— Malheureusement, je ne peux rien faire pour toi. En deux jours, tu es la deuxième personne qui me parle de ce bois. C'est quand même étrange, non ?

Amos parut surpris. Très intéressé, il demanda :

— Qui avez-vous vu ? Qui vous a posé cette question ?

— Un très gentil monsieur et sa femme. Ils m'ont également demandé si je n'avais pas vu un garçon aux cheveux longs et noirs qui portait une armure de cuir, une boucle d'oreille et une espèce de long bâton en ivoire sur le dos. Hier, je ne l'avais pas vu mais, aujourd'hui, il est devant moi !

— Ce sont mes parents ! s'écria Amos, fou de joie d'avoir enfin de leurs nouvelles. Nous avons été obligés de nous séparer et je dois absolument les retrouver. S'il vous plaît, madame, dites-moi de quel côté ils sont partis.

— Je crois bien qu'ils ont pris ce chemin.

Comme Amos la remerciait, pressé de poursuivre sa route, la vieille femme lui demanda de rester quelques minutes de plus auprès d'elle. Après l'avoir invité à s'asseoir à ses côtés, elle dit :

— Je vais te raconter quelque chose, mon jeune ami. Je sais que tu désires retrouver tes parents le plus vite possible, te lancer immédiatement à leur recherche, mais j'ai fait un rêve la nuit dernière et je dois t'en parler. Je préparais des petits pains. Tous les gens de ma famille étaient là, autour de moi, et je m'appliquais en espérant les satisfaire. Mes enfants, mes petits-enfants, mes cousins, mes neveux, tous avaient été changés en pierre. Dans la maison, il n'y avait que des statues. Puis, soudainement, c'est toi qui as surgi dans mon rêve. Je ne te connaissais pas et tu m'as demandé quelque chose à manger. Je t'ai donné trois ou quatre pains. En croquant dans l'un d'eux, tu as trouvé un œuf dur. Je t'ai alors dit : « On trouve souvent des œufs là où l'on s'y attend le moins. » C'est tout. Comme je crois qu'on ne rêve jamais pour rien, j'ai fait des petits pains ce matin et je les ai emportés avec moi. J'ai aussi quelques œufs, je te les donne et je te souhaite de vite retrouver tes parents.

Sans comprendre véritablement le rêve de la vieille femme, Amos la remercia, prit la nourriture et se remit en route. Lorsqu'il se retourna pour la saluer une dernière fois, la dame avait disparu.

Soudain, dans l'esprit d'Amos, tout devint clair. Il pensa à ce que lui avait dit la femme : on trouve souvent des œufs là où l'on s'y attend le moins. Le pendentif que Yaune-le-Purificateur avait volé, bien des années auparavant, devait contenir un œuf de coq. Voilà pourquoi le magicien des ténèbres tenait tant à le récupérer ! Cet objet ne possédait en lui-même aucun pouvoir magique, aucune puissance démoniaque et ne représentait aucun danger pour personne. Il était simplement un emballage servant à protéger l'œuf. Le premier propriétaire de ce pendentif voulait sans nul doute créer un basilic. Quoi de plus logique que ce magicien, qui était à la tête d'une armée de gorgones, désire avoir dans ses rangs un monstre puissant capable à lui seul d'anéantir tout un régiment en deux temps trois mouvements ?

Amos en vint à la conclusion que l'ennemi de Bratel-la-Grande exerçait un pouvoir sur tous les êtres liés de près ou de loin aux serpents. Il devait être malicieux, perfide et très dangereux. Béorf était en grand danger et Amos se demandait comment faire pour l'avertir.

IX

Béorf, les gorgones et le nagas

Encore une fois, les gorgones étaient à ses trousses. Béorf courait dans la forêt, tête basse, en essayant d'éviter tous les obstacles que la nuit cachait.

Les deux premiers jours qui avaient suivi le départ d'Amos avaient été plutôt tranquilles pour le jeune hommanimal, puisque les gorgones avaient concentré leurs recherches sur la ville. Dans sa cachette au fond des bois, Béorf avait beaucoup dormi et s'était reposé en prévision des dures nuits à venir. Il avait aussi longuement réfléchi pour établir des stratégies de défense contre les envahisseuses. L'idée principale, simple et efficace, consistait à se débarrasser des gorgones les unes après les autres.

Béorf avait mis au point un tas de pièges qu'il avait montés partout dans la forêt. Il devinait que, après quelques nuits de fouilles infructueuses à Bratel-la-Grande, les monstres allaient inévitablement se mettre à ratisser les alentours. Les gorgones trouveraient alors des pistes d'homme — les siennes —, et les suivraient pour tenter de coincer le fugitif. L'hommanimal avait donc fait en sorte de laisser, dans la plaine et la forêt, des empreintes qui menaient directement à ses pièges.

Pour ne pas se faire repérer lorsqu'il se déplaçait d'un piège à l'autre, le gros garçon se transformait en ours. Les gorgones cherchaient un voleur de pendentif, pensait-il, pas un ours! Jamais ces créatures ne se douteraient que l'animal et l'humain constituaient, en réalité, une seule et même personne.

Une nuit, en suivant les traces de Béorf, trois gorgones s'étaient dirigées tout droit vers des sables mouvants. Bien caché, l'hommanimal avait vu, dans la lumière de la lune, leurs corps disparaître complètement dans la terre.

— Et trois de moins! s'était-il écrié.

Un autre petit groupe s'était retrouvé, de la même façon, dans la clairière aux ruches qui entourait son ancienne maison. Béorf avait ordonné aux abeilles d'attaquer. Les insectes s'étaient regroupés pour former un énorme nuage au-dessus des gorgones et avaient fondu sur elles à vive allure. Pétrifiées en plein vol par le regard des monstres, les abeilles étaient tombées du ciel comme une pluie de pierres qui avaient transpercé leurs corps. Le sacrifice des insectes avait permis au garçon de se débarrasser de cinq gorgones.

Béorf avait remarqué assez vite que, malgré le fait qu'elles portaient des ailes, les femmes aux cheveux-serpents étaient incapables de voler. Il avait alors imaginé un autre piège. Dans la plaine cultivée qui s'étendait autour de la capitale, les champs étaient entourés de fossés. Une digue permettait de remplir ces douves d'eau afin d'irriguer les terres des cultivateurs. Sachant cela, Béorf avait creusé plusieurs grands trous dans les champs et les avait recouverts de branches et de foin afin de bien les dissimuler. La nuit suivante, huit gorgones étaient tombées dans les pièges. Béorf avait ouvert la digue. L'eau avait inondé les fossés, puis les trous. Toutes les créatures s'étaient noyées.

Cette nuit, le piège était différent. Béorf avait eu l'idée de créer une forêt de lames avec des armes qu'il avait trouvées dans l'armurerie des chevaliers. Des lances étaient plantées dans le sol, alors que des dagues et des épées pendaient des arbres, solidement attachées à des branches. Pour éviter ces lames, on ne pouvait emprunter qu'un seul passage à travers des branchages. Comme les gorgones n'attaquaient que la nuit, Béorf avait tout son temps dans la journée pour concevoir ses pièges et les mettre en place. Il s'était entraîné tout l'après-midi à éviter les lames. Le moment de vérité n'allait pas tarder à arriver.

Béorf entendait maintenant les gorgones s'approcher de lui. Sur ses deux jambes, le gros garçon n'arrivait pas à courir très vite. Son piège n'était plus très loin. Il se devait de maintenir la cadence pour sauver sa peau. C'est au moment où il sentit une main froide toucher son épaule que Béorf se métamorphosa en ours. Essoufflé, il emprunta le chemin qui permettait de passer entre les lames. Ne se doutant de rien, les gorgones entrèrent à toute allure dans la forêt de lames. Ce fut la déroute ! Aucune ne survécut.

Béorf, content de lui, rentra à la bibliothèque de son père, sa principale cachette, pour y finir la nuit. Il ouvrit la trappe, descendit l'échelle, puis, comme il cherchait sa lampe à lucioles, une lumière rouge éclaira la pièce.

Assis au bureau de son père, un homme chauve le regardait. Ses yeux lumineux étaient jaune clair, avec des pupilles allongées qui se dilataient et se contractaient sans arrêt. Des écailles recouvraient ses mains, ses bras et son cou, montant jusque derrière sa tête. Béorf remarqua que les sourcils de l'homme, exactement comme les siens, se rejoignaient au-dessus de son nez. Il avait les ongles affreusement longs et laissait sortir de sa bouche remplie de dents de serpent une langue fourchue. Torse nu, il était fortement musclé et portait autour du cou des dizaines de colliers en or ornés de pierres précieuses. Il avait aussi deux grandes boucles d'oreilles brillantes et dorées. Dépourvu de jambes, son corps se terminait par une très longue queue de serpent grise, parsemée de quelques taches noires.

Béorf voulut s'enfuir en voyant cet être monstrueux. Alors qu'il tournait les talons, il fut saisi par l'immense queue de serpent qui l'immobilisa.

— Sssss, tu veux déjà partir, jeune ami? lui dit l'homme-serpent d'une voix sifflante. Il est très, sssss, très impoli de fuir ainsi ma présence sans que je me sois d'abord, sssss, d'abord présenté.

La queue relâcha son étreinte et Béorf, tremblant, se retourna vers la chose.

— Bien, sssss, tu es un garçon courageux, sssss, c'est très bien. Je me nomme Karmakas et j'ai fait un, sssss, un très long voyage pour venir ici. N'aie pas peur, jeune ami, je ne te veux pas de, sssss, pas de mal.

Regarde, je suis comme toi, sssssss, je suis ce que les humains appellent un, sssssss, un hommanimal. Je ne ferais pas de mal à, sssssss, à quelqu'un de ma race sans raison valable. Tu sembles surpris de me voir ! Sssssss, est-ce la première fois que tu vois un autre membre de ton, sssssss, de ton espèce ?

Incapable de prononcer un seul mot, Béorf hocha la tête de haut en bas.

— C'est bien malheureux, sssssss. Tu sais pourquoi les êtres comme nous disparaissent les uns après, sssssss, après les autres. C'est parce qu'ils sont chassés par les humains. Les hommes sont, sssssss, jaloux de notre don, sssssss, ils sont jaloux de notre, sssssss, de notre pouvoir. Moi, je suis un, sssssss, un nagas. Ce qui veut dire en, sssssss, en langue ancienne, un, sssssss, un homme-serpent. Toi, tu es un béorite, un homme-ours. Tu possèdes un pouvoir sur, sssssss, sur les abeilles et quelques autres insectes. Moi, je possède un, sssssss, un pouvoir sur tout ce qui rampe, qui mord et qui, sssssss, possède du venin. Je contrôle les gorgones à cause, sssssss, à cause de leur chevelure. Mais je vais t'avouer un secret que, sssssss, que tu connais peut-être déjà. Je suis aussi un, sssssss, un puissant magicien. Ne t'en fais pas, je suis un, sssssss, un gentil sorcier. Je ne fais du mal qu'aux, sssssss, qu'aux gens qui m'en ont fait. Je deviens méchant seulement, sssssss, seulement lorsqu'on est méchant avec moi.

La voix tremblante, les mains moites et le cœur tambourinant, Béorf interrompit le sorcier :

— Alors, pourquoi avoir changé tous les habitants du royaume en statues de pierre avec votre armée de gorgones ? Vous vouliez récupérer votre pendentif et vous venger de Yaune-le-Purificateur, n'est-ce pas ? Il n'était pas nécessaire de punir tant d'innocents pour assouvir votre soif de vengeance !

Karmakas éclata d'un rire inquiétant.

— Mais c'est qu'il, sssssss, qu'il est malin, le béorite ! Je crois que nous avons tort, dans mon pays, de considérer les hommes-ours comme les membres les plus, sssssss, les plus stupides de la race hommanimale. Tu es moins bête que, sssssss, que tu n'en as l'air, sssssss, gros ours mal léché ! Les habitants de ce royaume ont été, sssssss, ont été transformés en statues pour avoir fait confiance à, sssssss, à un voleur et à un meurtrier. Je vais te, sssssss, te raconter ma version de l'histoire et tu, sssssss, tu comprendras mieux. Je vivais paisiblement dans mon village, sssssss, un village qui n'existe plus aujourd'hui. Au cœur d'un désert de pierres, les, sssssss, les nagas cohabitaient en paix avec les hommes qui vivaient dans la grande ville voisine. Nous étions des artisans et notre, sssssss, notre force était le travail de l'or. Nous possédions aussi des mines et beaucoup de, sssssss, de richesses. Les humains ont fini par être jaloux de nos, sssssss, de nos trésors et ont fait appel aux chevaliers de la lumière pour nous, sssssss, nous exterminer et voler nos biens. Heureusement, les gorgones sont venues à notre rescousse, mais, sssssss, mais trop tard. Ma femme et mes quinze enfants, tous des, sssssss, des nagas, ont été tués par les chevaliers. Seul Yaune-le-Purificateur a réussi à sauver sa peau. Tu sais pourquoi ? Parce que, durant la grande bataille finale contre les gorgones, Yaune était dans, sssssss, dans un de nos temples en train de voler nos richesses. S'il avait participé à la, sssss, à la bataille, il serait mort lui aussi pétrifié, sssss, pétrifié par les gorgones. Le pendentif appartient à mon peuple et je suis, sssss, je suis ici pour récupérer ce qui a été volé. C'est tout, sssss. Les créatures de ma race, ceux qui ont, sssss, qui ont survécu, ont voulu se venger des hommes et leur faire, sssss, leur faire payer leur cupidité et leur, sssss, incapacité à accepter les êtres et les créatures différentes d'eux. Les chevaliers de la lumière n'ont-ils pas tué ton père et ta mère parce qu'ils, sssss, parce qu'ils étaient différents d'eux ?

Sur ces mots, Béorf se mit à pleurer. Le nagas reprit :

— Tu vois, sssss, nous sommes semblables. Nous sommes tous les deux des, sssss, des victimes des humains et nous devons joindre nos, sssss, nos forces contre cet ennemi puissant. Imagine, sssss, l'ours et le serpent réunis dans la juste, sssss, la juste vengeance des hommanimaux ! Viens dans mes bras, je serai ton nouveau, sssss, ton nouveau père.

Ayant repris de l'assurance, Béorf regarda Karmakas droit dans les yeux et dit :

— Il est vrai que mes parents ont été tués par des humains. Il est aussi vrai que les hommes sont parfois bornés et qu'ils refusent d'accepter les choses qu'ils ne comprennent pas. Mais mon père m'a raconté beaucoup d'histoires sur les hommanimaux et, toujours, il me disait de me méfier des hommes-serpents. Il affirmait que c'est principalement à cause d'eux, de leurs mensonges et de leur soif de pouvoir, que les humains ont commencé à pourchasser les hommanimaux. J'avais un père et il est mort maintenant. Je n'ai besoin de personne pour le remplacer. Vous voulez m'amadouer et gagner ma confiance uniquement pour récupérer votre pendentif. Les béorites ne sont peut-être pas aussi intelligents que les nagas, mais nous savons faire la différence entre le bien et le mal. J'ai caché le pendentif et jamais vous ne mettrez la main dessus !

Le magicien serra les dents, contracta ses muscles et, en se levant sur son immense queue, lança :

— Je trouverai bien le moyen de, sssssss, de te faire parler, jeune impertinent ! Tu viens à l'instant de, sssssss, de signer ton arrêt de mort !

X

LE CONTEUR

Le vieil homme, assis sur un banc entouré d'enfants, commença son histoire :

— Il était une fois, il y a bien longtemps de cela, un jeune homme qui s'appelait Junos. Il habitait avec sa mère dans une petite cabane dans les bois. Ce garçon n'avait pas le moindre talent pour quoi que ce soit. Il était un peu simple d'esprit et il faisait le désespoir de sa mère. Son père était mort, bien des années auparavant, et la pauvre femme s'occupait de tout. De la cuisine à la lessive en passant par le travail dans les champs, elle faisait absolument tout ce qu'il fallait pour assurer sa survie et celle de son bon à rien de fils. Junos passait ses journées à sentir les fleurs, à flâner dans les champs et à courir après les papillons. Un jour, en voyant sa mère peiner à la tâche, il lui dit : « Mère, je vais en ville pour trouver du travail. De cette façon, avec l'argent que je gagnerai, tu pourras enfin te reposer. » Sa mère lui répondit : « Mais, Junos, tu ne sais rien faire de tes dix doigts et tu fais tout le temps des bêtises. » Le garçon répliqua : « Tu verras bien de quoi je suis capable, maman. »

Le conteur avait toute l'attention de son public. Amos, qui passait par là, s'arrêta pour écouter la suite.

— Junos partit donc pour la ville. Il s'arrêta dans toutes les boutiques, chez tous les fermiers et chez tous les artisans. Il demandait du travail à tout le monde, mais chaque fois qu'on voulait savoir ce qu'il était capable de faire, l'honnête Junos répondait : « Je ne sais rien faire. » En entendant cela, personne ne voulait l'engager, bien entendu ! À la dernière ferme dans laquelle il se présenta, Junos pensa que sa mère lui reprochait souvent de faire n'importe quoi. Aussi, lorsque le fermier lui demanda ce qu'il savait faire, Junos répondit sans mentir : « Monsieur, je sais faire n'importe quoi ! » Il fut immédiatement engagé.

Sur la petite place, les curieux étaient de plus en plus nombreux. Il y avait maintenant plusieurs adultes qui attendaient avec intérêt la suite du récit.

— Toute la journée, Junos et le fermier s'affairèrent à couper du bois et à sarcler le potager. Le soir venu, en récompense de son labeur, le garçon reçut une belle pièce de monnaie. En rentrant chez lui, content de sa première journée de travail, Junos s'amusait à lancer sa pièce en l'air et à la rattraper au vol. Un mouvement maladroit lui fit perdre la pièce dans le ruisseau qui longeait le chemin. Tout triste, il rentra à la maison et raconta sa mésaventure à sa mère qui lui dit : « La prochaine fois, Junos, prends ce que le fermier te donne et range-le aussitôt dans ta poche. Ainsi, tu ne risqueras pas de perdre le fruit de ton labeur. » Junos promit de faire ce que sa mère lui demandait et, dès le lendemain, il retourna chez le fermier. Cette fois, il s'occupa des vaches. Afin de le remercier pour son travail, le propriétaire de la ferme lui remit un seau rempli de bon lait frais. Junos fit exactement ce que lui avait conseillé sa mère. Il mit le contenu du seau dans sa poche afin de ne pas le perdre en chemin. Il rentra chez lui complètement trempé. Il avait du lait jusque dans les souliers. En écoutant le récit de son fils, la pauvre mère contint sa rage et lui dit : « Tu dois toujours laisser dans son contenant ce que le fermier te donne, tu comprends cela, mon garçon ? » Junos acquiesça et, le jour suivant, après sa journée de travail, il reçut une grosse motte de beurre. Pour éviter que le beurre ne fonde au soleil, le fermier demanda à Junos son chapeau et plaça le beurre à l'intérieur pour le protéger. Le garçon laissa le beurre dans le chapeau qu'il remit sur sa tête et il courut vite à la maison. La chaleur de son crâne fit fondre le beurre et c'est dégoulinant de liquide jaune qu'il se présenta devant sa mère.

Autour du vieil homme, il y avait maintenant une foule appréciable. Tout le monde semblait bien s'amuser en écoutant l'histoire de ce garçon stupide. Le conteur était passionnant : il mimait chaque expression, jouait chacun des personnages et savait garder l'attention de son public.

— Quand Junos eut fini de s'expliquer, sa mère lui dit : « Tu as bien fait de laisser le beurre dans le chapeau, mais tu n'aurais pas dû te le remettre sur la tête ! Regarde, prends ce grand sac, tu y mettras ce que tu recevras du fermier et tu le porteras sur ton dos. As-tu bien compris, Junos ? » Le garçon répondit que, oui, il avait parfaitement compris. Tout près de la ferme où il travaillait se trouvait un très joli château. Junos l'admirait chaque fois qu'il passait devant et il rêvait de gagner assez d'argent pour pouvoir un jour l'habiter. Il avait également remarqué qu'une jeune fille se tenait tout le temps sur l'un des balcons de la magnifique demeure et qu'elle pleurait sans cesse. Junos se demandait ce qui pouvait bien la rendre si triste, mais ne s'en préoccupait guère. Le lendemain, après sa journée de travail, le fermier donna à Junos un âne. N'ayant plus besoin de ses services, l'homme lui fit ce généreux cadeau pour le remercier de tout le travail qu'il avait accompli pour lui. Le garçon accepta l'animal avec joie. Comme sa mère le lui avait recommandé, il voulut mettre dans le sac ce que le fermier venait de lui donner. Il tira l'âne vers lui et commença par faire entrer à l'intérieur du sac une patte de devant, puis l'autre, mais il s'aperçut vite que le sac était beaucoup trop petit pour y fourrer l'animal au complet. Junos trouva donc une autre solution : il mit le sac sur la tête de l'âne, s'accroupit et se glissa en dessous de la bête. Il allait la porter ainsi sur son dos. Il tenait à ce que sa mère soit fière de lui et, pour une fois, il allait faire les choses comme il fallait. L'âne, avec son sac sur la tête, se débattait en braillant. Junos déplia son corps avec grande difficulté et lorsqu'il réussit enfin à soulever l'animal de terre, c'est bien vite que tous deux mordirent la poussière. Alors qu'il tentait une seconde fois de remettre la bête sur son dos, le garçon vit un homme s'approcher de lui. C'était le roi qui habitait le château voisin. Il salua Junos, se présenta courtoisement et lui confia aussitôt que sa fille ne cessait de pleurer depuis des années. Il avait promis sa main à quiconque réussirait à la faire sourire. Or, du haut de son balcon, la princesse avait aperçu Junos et, en voyant ses pitreries avec l'âne, elle s'était mise à rire et à rire, et ne pouvait même plus s'arrêter. C'est ainsi que Junos épousa la princesse, devint roi et vécut au château avec sa mère. Chers amis, ceci prouve que, pour devenir roi, il suffit de ne savoir rien faire ou de faire n'importe quoi!

Sous un tonnerre d'applaudissements, le conteur salua dignement son auditoire et en fit ensuite le tour en présentant son chapeau. Il reçut quelques pièces, et les gens qui arrivaient du marché lui donnèrent du pain, des légumes et des œufs. Il eut même droit à un saucisson. Comme Amos s'apprêtait à quitter les lieux, le conteur l'interpella:

— Tu as écouté mon histoire et tu ne me donnes rien, jeune homme?

Amos répondit:

— Moi-même, je n'ai pas grand-chose, monsieur. Je suis à la recherche de mes parents et j'arrive d'une lointaine contrée. Soyez assuré que votre histoire mérite plus que mes simples applaudissements. Vous devrez malheureusement vous en contenter.

Le vieillard répliqua gentiment:

— J'ai déjà tout ce dont j'ai besoin dans ce chapeau. En vérité, tout ce qu'il me faut, c'est de la compagnie. Me ferais-tu l'honneur de partager ces victuailles avec moi?

— Avec joie! répondit Amos, qui était affamé.

— Je m'appelle Junos, dit le conteur, et toi, jeune homme, quel est ton nom?

Surpris d'entendre de nouveau ce nom, Amos demanda :

— Vous vous appelez vraiment Junos ? Comme le personnage de votre histoire ?

— Mon ami, je prends l'inspiration où je la trouve. Tous mes héros, du plus bête au plus intelligent, portent mon nom. Cela me rappelle le temps où mon père me racontait des histoires. Tous les héros de ses récits portaient eux aussi mon nom.

— Moi, je m'appelle Amos Daragon, et je suis enchanté de faire votre connaissance.

— Moi de même, fit le vieillard. Tu vois, jeune homme, je raconte des histoires pour gagner ma vie, c'est tout ce que je sais faire. Et je suis toujours à la recherche de bonnes histoires. Raconte-moi d'où tu viens et ce que tu fais ici. Raconte-moi également comment tu as perdu tes parents. Ça m'intéresse, car j'ai aussi perdu les miens, il y a de cela quelques années.

Amos sentit immédiatement qu'il pouvait faire confiance à Junos. Ce vieillard avait dans les yeux quelque chose de pétillant, de juvénile. À l'exception de la vieille dame en blanc qu'il avait rencontrée à la fontaine dans le village voisin, le jeune garçon n'avait parlé à personne depuis plusieurs jours. Il était donc heureux d'avoir trouvé quelqu'un de si sympathique avec qui discuter.

Avant de commencer son récit, Amos avertit le vieil homme qu'il ne croirait peut-être pas tout ce qu'il allait entendre, mais lui jura que c'était pourtant la pure vérité. Tout en savourant les bonnes choses que son hôte lui offrait, Amos lui parla du royaume d'Omain, de son entretien avec la sirène dans la baie des cavernes et de la mission qu'elle lui avait confiée. Il lui raconta aussi comment il avait dupé le seigneur Édonf. Le jeune voyageur enchaîna avec Bratel-la-Grande et Barthélémy, maintenant figé comme tous les autres en statue de pierre. Puis il évoqua sa rencontre avec Béorf, le jeu de la vérité de Yaune-le-Purificateur, le chat aveugle, le druide qui avait un champignon dans le cou, les gorgones et le livre qu'il avait trouvé dans la bibliothèque secrète de monsieur Bromanson, le père de Béorf. Il poursuivit avec l'histoire du pendentif, confié à Béorf afin qu'il ne tombe pas entre les mains des gorgones, puis relata son départ de Bratel-la-Grande. Il ne cacha pas son regret d'avoir dû laisser son ami derrière lui dans la ville pétrifiée. Il révéla aussi ce qu'il avait appris sur le basilic.

Amos raconta tout à Junos, dans le moindre détail. Mais tout cela lui paraissait si loin maintenant ! Il avait l'impression qu'il s'agissait d'une histoire qu'il avait vécue des années auparavant. Il acheva son récit à la tombée du jour. Cela faisait trois bonnes heures que Junos et lui discutaient ensemble. Intrigué par cette incroyable histoire, le vieillard avait posé beaucoup de questions. Il voulait toujours plus de précisions sur telle ou telle chose. Quand le garçon se tut, le conteur lui confia :

— Cela est une bien belle histoire et je te crois sur parole. Je vais maintenant t'en raconter une sur le bois de Tarkasis. J'espère que tu me croiras à ton tour. Cette histoire, j'ai cessé de la raconter, il y a plusieurs années déjà, parce que personne n'y croyait. On pensait que j'étais fou. J'ai alors décidé de taire la vérité pour conter ces petits récits inventés qui plaisent aux enfants et font sourire les adultes. Veux-tu entendre la vraie histoire d'un grand malheur ?

Amos, repu et content d'avoir en face de lui un interlocuteur aussi intéressant, ne demandait pas mieux.

— Je vous écoute et soyez assuré que je suis prêt à croire tout ce que vous me direz.

— Il y a de cela très longtemps, commença le vieil homme, vivait, tout près du bois de Tarkasis, un petit garçon. Il avait de beaux cheveux frisés tout noirs, un grand sourire d'enfant heureux, une imagination débordante et un chien magnifique. Il aimait ce chien plus que tout au monde. Son père cultivait la terre et sa mère préparait les meilleures crêpes du royaume. Les parents du garçon lui disaient tout le temps de ne pas aller dans le bois. Apparemment, il y avait là des forces maléfiques qui faisaient disparaître tous ceux et celles qui osaient s'y aventurer. Un jour, alors qu'il avait perdu son chien, le garçon l'entendit aboyer dans le bois. Croyant son animal en danger, il s'enfonça dans la forêt sans tenir compte de l'avertissement de ses parents. Il marcha longtemps, très longtemps. Les arbres avaient des formes étranges. Il y avait des fleurs partout. C'était la plus magnifique des forêts qu'il ait jamais vues. Soudain, une lumière jaillit d'une fleur et se mit à virevolter autour de lui. Ce n'est que plus tard, bien des années plus tard, que le garçon comprit qu'il était entré ce jour-là dans le royaume des fées. D'autres lumières vinrent se joindre à la première, et une merveilleuse musique se fit entendre. Prisonnier de la ronde des fées, l'enfant dansa, dansa et dansa encore avec les lumières jusqu'à tomber d'épuisement. Il s'endormit sous un arbre. À son réveil, il avait vieilli de cinquante ans. Ses cheveux étaient blancs et il avait une longue barbe. Il revint vers chez lui, mais sa maison n'était plus là. Une route passait maintenant dans le grand jardin de son père. Plus la moindre trace de ses parents, de son chien et de sa chaumière. Il marcha sur la route et se retrouva dans une ville nommée Berrion. C'est la ville dans laquelle nous nous trouvons en ce moment. Complètement désemparé, il raconta son histoire à tous les passants, clamant haut et fort qu'on lui avait volé sa jeunesse. Personne ne voulait l'écouter et, longtemps, on le prit pour un fou. Un jour, il accepta, non sans peine, sa condition de vieillard et commença à raconter des histoires pour survivre. Cet enfant est encore vivant aujourd'hui et il s'appelle, comme tous les héros de mes histoires, Junos. C'est lui qui te parle actuellement. C'est ma propre histoire que je viens de te raconter. Seras-tu la première personne à croire enfin à mon aventure ?

Ahuri, Amos se rappelait avoir déjà entendu cette histoire. Son père la lui avait racontée lors de leur départ du royaume d'Omain. Urban Daragon avait rencontré cet homme, des années auparavant, alors qu'il voyageait avec Frilla.

Le jeune garçon, regardant les deux grosses larmes qui coulaient sur les joues du vieillard, dit :

— Je crois en votre histoire et je promets ici, devant vous, de vous rendre la jeunesse que vous cherchez depuis si longtemps. Amenez-moi au bois de Tarkasis et je réparerai le tort qu'on vous a causé.

XI

LE BOIS DE TARKASIS

Amos passa la nuit chez Junos. Ce dernier louait une petite chambre dans une auberge miteuse de Berrion. Le vieillard s'excusa du peu de confort qu'il offrait à son jeune invité. Ils discutèrent encore longtemps ensemble, principalement des fées, avant d'aller dormir. Junos connaissait un tas de contes et de légendes à leur sujet.

Dans ces récits, on disait qu'à l'origine une grande partie de la Terre était dirigée par les fomorians et les firbolgs, qui étaient des races d'ogres, de gobelins et de trolls. Puis les fées arrivèrent de l'Ouest, on ne sait ni comment ni pourquoi, probablement portées par le vent des océans. Elles livrèrent un combat aux gobelins, puis aux trolls et, finalement, elles réussirent à affaiblir suffisamment les ogres pour les obliger à s'exiler. Ceux-ci migrèrent vers le Nord, la terre des barbares et du froid.

Puis de l'Est arrivèrent les hommes. C'étaient de puissants guerriers, montés sur de grands et beaux chevaux. Ils prirent possession des terres pour les cultiver et obligèrent les fées à se réfugier dans les bois.

Certaines d'entre elles se lièrent d'amitié avec les hommes, mais la plupart restèrent dans les forêts et se firent très discrètes. Les fées trouvèrent plusieurs moyens pour ne pas être embêtées par les humains. Leurs royaumes demeuraient secrets et souvent inaccessibles. Elles respectaient une hiérarchie sociale très stricte. À la manière des abeilles, les fées avaient une reine, des ouvrières et des guerrières.

Toutefois, certains hommes travaillaient de concert avec ces créatures des bois. On les appelait les druides. Leur tâche consistait à protéger la nature, les forêts et les animaux et, par conséquent, les différents royaumes des fées. C'étaient elles qui choisissaient les humains appelés à devenir druides. Elles volaient les enfants au berceau et les remplaçaient par des morceaux de bois qui, sous l'action de leurs paroles magiques, prenaient l'allure de vrais nourrissons, donnant aux parents l'impression que leur rejeton était encore dans son lit. Ces substituts de bébés paraissaient tout à fait normaux jusqu'à ce qu'ils meurent subitement et sans raison apparente.

Encore aujourd'hui, à Berrion, il existait une coutume que les habitants respectaient à la lettre. Même si la majorité d'entre eux ne croyaient pas aux êtres surnaturels, ils suspendaient, au-dessus du lit de leur enfant, des ciseaux ouverts afin de le protéger. Ainsi, comme les fées se déplaçaient rapidement dans les airs, elles se seraient coupées avec les lames si elles avaient essayé de s'approcher du berceau. On fixait aussi aux vêtements des nouveau-nés des clochettes, des rubans rouges et des guirlandes voyantes et encombrantes. De cette façon, si jamais les fées s'étaient avisées d'enlever un poupon ainsi paré, le tintement des clochettes en aurait aussitôt averti les parents. Les rubans et les guirlandes auraient pour leur part empêché les fées de voler normalement.

Amos demanda à Junos s'il savait quelque chose sur les porteurs de masques. Le vieillard lui répondit qu'il avait déjà entendu parler d'un homme qui avait terrassé, à lui seul, un dragon. On l'appelait «le Porteur», mais la légende n'en disait pas davantage à ce sujet.

Épuisé, Amos finit par s'endormir sur la vieille paillasse que Junos avait posée par terre. Il rêva de la femme qui lui avait donné les petits pains et les œufs à la fontaine. Dans le songe, elle était devenue jeune, mais elle était toujours vêtue de sa robe blanche. Elle lui répétait sans cesse la même phrase: «Enfonce le trident dans la pierre et ouvre le passage... Enfonce le trident dans la pierre et ouvre le passage...»

Amos voulait savoir qui était cette femme. Pourquoi lui parlait-elle? Il voulait aussi en savoir davantage sur la pierre et le passage. Il voulait connaître la signification de cette phrase qu'elle ne cessait de répéter. Il demeurait muet, incapable de prononcer un seul mot, et la femme en blanc disparut. Amos se réveilla et médita sur cet étrange rêve tout le reste de la nuit. Quand Junos se leva, les deux compagnons mangèrent un peu et partirent pour Tarkasis.

Après quelques heures de marche, Amos et Junos arrivèrent à l'orée d'un bois.

— C'est ici, déclara le vieillard. Oui, c'est bien ici que j'habitais autrefois. Tout a beaucoup changé, mais il y a des choses qui ne trompent pas. Par exemple, ces grosses pierres, juste là, sont les mêmes. Et puis ce chêne, là-bas. Il était déjà gros avant que je ne danse avec les fées. Maintenant, il est immense, mais c'est le même arbre. Cela doit bien faire une bonne douzaine d'années que je ne suis pas revenu ici. En fait, je n'y suis jamais revenu depuis que je suis ressorti de ce bois dans la peau d'un vieillard. J'avais onze ans...

Les souvenirs de Junos le rendaient triste. De son côté, Amos avait toujours en tête le rêve de la nuit précédente. Il y avait dans ce songe quelque chose de trop réel pour qu'il ne s'agisse que d'un rêve banal. «Enfonce le trident dans la pierre et ouvre le passage...» Amos regarda d'abord le sol afin d'y trouver un indice. Puis il examina l'aspect du bois des arbres, leur essence. Il observa aussi les pierres qui se trouvaient là. Après de longues minutes de silence, il dit enfin:

— Regarde bien, Junos, tout ici nous indique un chemin. En faisant abstraction des petits arbres, des fougères et autres petites plantes, nous pouvons l'apercevoir.

Attentif aux indications du garçon, Junos vit effectivement un semblant de chemin, un passage à travers la végétation:

— Eh bien, c'est impressionnant ce que tu viens de découvrir là, mon ami! Prenons ce chemin.

Ils suivirent la piste jusqu'à ce que de gigantesques conifères et d'imposants feuillus leur barrent la route. Devant eux, plus aucune indication. Par terre, dans l'herbe haute, il y avait une pierre. Elle était marquée à quatre endroits. D'abord un simple trou. Juste en dessous, trois autres trous rapprochés les uns des autres. La troisième marque était une cavité allongée, et la quatrième avait l'apparence d'une grosse alvéole.

Se rappelant les propos de la dame de son rêve, Amos saisit son trident et, d'un seul coup, l'introduisit dans la deuxième marque. Comme par miracle, les trois dents de la fourche d'ivoire épousèrent à la perfection les trois trous rapprochés de la pierre, tout comme si l'on avait fabriqué l'objet expressément pour cette fonction.

« Les autres trous doivent servir à accueillir d'autres types d'armes représentant chacune un des éléments, pensa Amos. Le premier trou représente l'air ; c'est certainement une flèche qui doit s'y enchâsser. Mon trident est l'arme de la sirène, c'est donc l'eau. Le troisième est fait pour une épée forgée dans le feu, et l'alvéole doit être là pour recevoir le manche d'une puissante masse de guerre en bois, une arme représentant la terre. Ces trous sont des serrures, et les armes sont des clés. Quatre serrures, quatre clés, quatre façons d'ouvrir la même porte ! Voilà pourquoi Crivannia m'a dit, dans la grotte de la baie des cavernes, d'emporter le trident avec moi. »

À l'instant même où l'arme entra dans la pierre, la forêt dense et impénétrable qui se dressait devant eux s'ouvrit dans un vacarme de branches qui craquaient et de troncs qui se tordaient. Incrédules, Amos et Junos virent un long tunnel sombre se former devant eux. Amos retira son arme ; la porte qui permettait

d'atteindre le cœur du bois de Tarkasis était maintenant ouverte. Sans même se consulter, les deux compagnons empruntèrent ce passage.

Au bout de quelques minutes, ils débouchèrent sur
une magnifique clairière remplie de fleurs. Il y en avait
partout. Sur le sol, sur les rochers et sur les arbres qui
bordaient la trouée. Des fées de couleurs et de tailles
différentes volaient dans tous les sens, tout affairées
qu'elles étaient à leur besogne. Les rayons du soleil
étaient aveuglants et la lumière, blanche et pure, inon-
dait la clairière. Apparaissant à travers la lumière, un
homme marcha lentement vers eux. Amos le reconnut.
C'était le druide qu'il avait rencontré à Bratel-la-
Grande. Il était toujours aussi sale et laid. Le chat
aveugle sur son épaule, il ouvrit les bras.

— Bienvenue au royaume de Gwenfadrille, monsieur Daragon. Je vois que vous arrivez avec un ami. Je
m'attendais toutefois à vous voir accompagné du jeune
hommanimal. Dépêchons-nous, le grand conseil des
fées est actuellement en réunion. Ces dames vous attendent depuis un bon moment déjà. Elles sont impa-
tientes de vous rencontrer. S'il le désire, monsieur
Junos peut venir avec nous. D'ailleurs, je pense qu'il a
déjà rencontré les fées..., ajouta-t-il en riant de bon
cœur.

Le druide guida Amos et Junos jusqu'au centre du
bois de Tarkasis. Sept dolmens délimitaient une place
sur laquelle une multitude de fées et de druides, venus
de partout, étaient confortablement assis sur de grosses
chaises de bois aux formes insolites. Tous applaudirent
l'arrivée d'Amos. Il y avait de petites et de grandes fées,

de vieux personnages poilus, de très belles druidesses, de jeunes apprentis et d'étranges petites créatures toutes ridées.

On invita Amos et Junos à s'asseoir au centre du cercle. Devant eux, deux femmes portaient une couronne : une robuste sirène aux cheveux bleu clair et une grande fée aux oreilles pointues. Ces deux créatures resplendissaient. Elles avaient une force et un charisme étonnants. La fée aux oreilles pointues, tout habillée de vert, se leva et, d'un geste de la main, demanda le silence.

— Chers amis, Gwenfadrille, reine du bois de Tarkasis, est heureuse de vous accueillir chez elle pour la résurrection du culte des porteurs de masques.

Amos comprit que la souveraine parlait d'elle à la troisième personne.

— Le porteur a été choisi par Crivannia, princesse des eaux profondes, pour accomplir la mission. Il a été reconnu comme tel à Bratel-la-Grande par notre plus ancien druide, Mastagane le Boueux, ainsi que par la Dame blanche. Amos Daragon, ici présent, deviendra, au bénéfice de l'équilibre de ce monde, le premier porteur de masques d'une nouvelle génération de héros. Que celui ou celle qui s'oppose à sa nomination parle maintenant ou qu'il se taise à jamais !

L'assemblée continua de se taire. Amos se leva et déclara :

— Moi, je m'oppose à ce choix !

Il y eut un murmure d'étonnement dans l'assistance. Amos poursuivit :

— Je refuse de servir qui que ce soit sans même comprendre ce qu'on attend de moi. Je ne doute pas que vous me fassiez un grand honneur, mais j'exige d'en savoir plus sur cette mission que vous voulez me confier, et je veux que vous m'expliquiez ce qu'est un porteur de masques.

Gwenfadrille, perplexe, dévisagea Mastagane le Boueux.

— Mastagane, vous ne lui avez donc rien dit ?

Le druide marmonna :

— Oui... un peu... mais pas tout... Je croyais que c'était vous qui deviez le lui dire... Alors... alors je n'ai pas tout à fait...

— Êtes-vous en train de me dire que ce garçon a fait tout ce chemin jusqu'ici sans savoir ce qu'est un porteur de masques ? l'interrompit la reine en appuyant sur chacun de ses mots.

— Je pense que c'est cela, murmura le druide, la tête basse.

Profitant de la confusion qui régnait, Amos sortit la pierre blanche de sa poche et reprit la parole :

— D'abord, je suis venu jusqu'ici pour vous livrer un message : votre amie Crivannia, princesse des eaux, est morte et son royaume est tombé aux mains des merriens. Avant de mourir, elle m'a demandé de vous remettre cette pierre blanche et de vous dire qu'elle m'a choisi comme porteur de masques. Mais je pense que vous saviez déjà tout cela, n'est-ce pas ?

— Oui, nous le savions déjà, avoua la fée verte. Donne-moi la pierre et écoute-moi. Dans les temps anciens, le monde fut divisé entre le Soleil et la Lune, entre les créatures du jour et les créatures de la nuit. Les êtres du jour représentaient le bien, et ceux de la nuit étaient les représentants du mal. Pendant des siècles, les créatures des deux camps se livrèrent des combats mortels pour assurer la domination, sur la Terre, soit du jour, soit de la nuit. Las de poursuivre un combat stérile et sans fin, plusieurs grands rois et reines des deux camps décidèrent de se rencontrer afin de trouver une solution. Il fallait trouver un terrain d'entente afin de regagner la paix comme chacun le souhaitait. Tous ensemble, ils sélectionnèrent des êtres en qui cohabitaient le bien et le mal et créèrent l'ordre sacré des porteurs de masques. Leur tâche, simple en apparence, consistait à travailler avec le bien et le mal, avec le jour et la nuit afin de rétablir un équilibre dans le monde. Les guerriers de l'équilibre furent donc envoyés en mission pour abattre des dragons menaçants, pour calmer les ardeurs des licornes et pour unir des royaumes divisés par la guerre. Ces porteurs tiraient leurs pouvoirs de la magie des éléments. Ils possédaient chacun quatre masques : celui de l'air, celui du feu, celui de la terre et celui de l'eau. Sur ces quatre masques pouvaient être enchâssées quatre pierres de pouvoir. Quatre pierres blanches pour l'air, quatre bleues pour l'eau, quatre rouges pour le feu et quatre noires pour la terre. Seize pierres de pouvoir en tout. Ces guerriers réussirent leur mission et, pendant de longues années, le bien et le mal vécurent dans un équilibre parfait. Croyant avoir atteint la paix éternelle, on ne remplaça pas les porteurs de masques. Leurs faux visages furent abandonnés et les pierres de pouvoir, partagées entre les forces de la nuit et celles du jour. Mais voici que, depuis peu, les êtres de la nuit ont repris le combat. L'attaque des merriens contre les sirènes en est le meilleur exemple. Voilà pourquoi nous désirons faire renaître l'ordre des porteurs de masques.

Amos demeura silencieux un moment, puis demanda :

— Vous avez parlé, plus tôt, d'une Dame blanche. J'ai vu cette femme deux fois. Qui est-elle au juste ?

— C'est un esprit puissant, expliqua Gwenfadrille, c'est la conscience qui accompagne et guide les guerriers de l'équilibre. Chaque porteur de masques est parrainé par la Dame blanche. Elle sera là pour te protéger et t'indiquer la voie à suivre. En ce jour, si tu acceptes la destinée que nous avons prévue pour toi, je te ferai cadeau de ton premier masque, celui de l'air. J'y enchâsserai la pierre blanche que tu m'as apportée, et les pouvoirs de cet objet ancien renaîtront. Il te faudra par la suite découvrir les trois autres masques et les quinze pierres manquantes. Plus tu auras de masques et de pierres, plus ton pouvoir sera grand et mieux tu contrôleras les éléments. Amos, acceptes-tu notre proposition ?

Amos réfléchit. Un profond silence régnait autour de lui. Les fées retenaient leur souffle, elles ne bougeaient plus. Les druides trépignaient d'impatience et la nouvelle princesse des eaux, la sirène aux cheveux bleus, se demandait si Crivannia avait fait le bon choix en désignant ce garçon.

Amos se leva de nouveau et lança :

— J'accepte à une seule condition !

— C'est inusité, affirma Gwenfadrille, mais vas-y quand même, nous t'écoutons.

— Je veux que les fées rendent à mon ami Junos la jeunesse qu'elles lui ont volée. Il doit retourner auprès de sa famille pour aider son père au potager et pour manger les meilleures crêpes du monde, préparées par sa mère. Enfin, je veux qu'il retrouve son chien.

Spontanément, la souveraine des fées rendit son verdict :

— Ta requête est acceptée. Mes fées, ramenez Junos chez lui, dans le passé, et faites en sorte qu'il ait exactement le même âge que lorsqu'il est tombé malencontreusement dans notre piège.

Junos explosa de joie. Il pleurait comme un enfant.

— Amos Daragon m'a rendu ma jeunesse ! Je vais retrouver mon enfance ! Je vais revoir mon chien ! Et mon père ! Et ma mère ! Merci ! Merci, mon ami ! Merci de tout mon cœur !

Comme il quittait le conseil, entouré d'une ronde de fées, le vieillard se retourna vers Amos et, les yeux pleins d'eau, lui dit :

— Je te rendrai au centuple ce que tu viens de faire pour moi. Je le jure sur ma vie, sur mon âme et sur la tête de mes parents. À bientôt, mon ami !

Solennellement, Gwenfadrille prit à ses côtés un magnifique masque de cristal. Il avait la physionomie d'un homme aux traits fins et au front saillant. Elle le tendit à Amos en lui demandant de l'essayer. Le masque s'ajusta parfaitement à la figure du jeune garçon. La fée y enchâssa ensuite la pierre blanche de pouvoir, envoyée par Crivannia. Amos eut la forte impression de respirer au rythme du vent.

La reine déclara :

— Ce masque grandira avec toi. Il est ta possession et c'est ton bien le plus cher. Tu découvriras par toi-même ses pouvoirs. Il est encore peu puissant, mais lorsque les quatre pierres y seront placées, tu auras le pouvoir de lever un ouragan et la force nécessaire pour marcher dans les airs. Tous ensemble, rendons maintenant hommage à Amos Daragon et festoyons en l'honneur du premier humain de la deuxième génération des guerriers de l'équilibre !

Tous se levèrent et applaudirent. Puis une musique de fête se fit entendre.

XII

BÉORF ET MÉDOUSA

Karmakas s'était installé au château de Bratel-la-Grande. Avec l'aide des gorgones, il avait placé tous les habitants, plus de mille statues, à l'extérieur de la ville. Celles-ci longeaient, des deux côtés, la route qui menait aux portes de la capitale. La scène était terrifiante à voir. Marchands, itinérants, voyageurs, aventuriers ou troubadours refusaient de s'approcher de la cité. Tous ceux qui voyaient ce spectacle abominable rebroussaient chemin avec la certitude qu'ils ne remettraient plus jamais les pieds dans ce coin de pays.

Les gorgones avaient saccagé la ville. Les maisons étaient entièrement démolies ou brûlées. Un silence de mort remplaçait maintenant les cris d'enfants des jours heureux. Il n'y avait plus de vie, plus de fleurs et plus d'activités humaines. L'armée des chevaliers de la lumière de Yaune-le-Purificateur avait été définitivement vaincue. Un drapeau noir représentant un serpent, la bouche ouverte et prêt à mordre, flottait au-dessus de la cité. L'eau de la rivière avait été empoisonnée, les champs étaient en friche et les oiseaux avaient déserté les lieux.

Par sa puissante magie, Karmakas avait doublé son armée de gorgones. La ville grouillait de serpents. Des cafards, la nourriture préférée des reptiles, se promenaient sur les murs du château, dans les restes des maisons en ruine et partout sur les murailles de Bratel-la-Grande.

Depuis trois jours, Béorf, enterré jusqu'au cou sur la place du marché, souffrait le martyre. Seule sa tête sortait de la terre. On lui avait bandé les yeux afin que le regard des gorgones ne le pétrifie pas. La nuit, les monstres lui marchaient fréquemment sur la tête et l'empêchaient de dormir. Le jour, un soleil de plomb cuisait son crâne. Tous les matins, le nagas venait lui rendre visite. Karmakas connaissait le point faible des béorites. Il savait que les hommes-ours avaient une résistance et une force physiques à toute épreuve. La seule chose qu'ils ne supportaient pas, c'était d'avoir faim. Chaque matin, en narguant Béorf avec du pain et du miel, le magicien lui disait :

— Si tu me dis où, sssssss, où est le pendentif, je te donnerai, sssssss, tout ce que tu voudras à manger. Dis-moi où est le pendentif et nous, sssssss, nous ferons équipe. Je sais que tu, sssssss, que tu as faim. Parle-moi, sssssss, dis-moi où tu, sssssss, où tu as caché mon précieux objet.

Le gros garçon, les yeux bandés, sentait l'odeur du pain bien frais. Il imaginait le goût du miel sur sa langue. Son estomac criait famine et tout son corps hurlait pour réclamer à manger. Ses papilles gustatives s'activaient en laissant une épaisse salive remplir sa bouche. Chaque matin, la torture grugeait un peu plus sa volonté.

— Jamais je ne vous le dirai ! Je rendrai l'âme avant que vous ayez pu tirer de moi une seule information, répondait Béorf jour après jour.

Le nagas, contrarié, quittait alors les lieux en sifflant de rage. Vers la fin du cinquième jour de torture, alors que Béorf, épuisé par les douleurs de son estomac, se demandait comment il ferait pour tenir un jour de plus, la voix d'une jeune fille vint résonner dans son oreille.

— Ne crains rien, je suis là pour t'aider, murmura-t-elle.

Le garçon sentit des mains creuser pour enlever la terre autour de lui. La fille le libéra de son piège. En l'aidant à se mettre debout, elle lui dit :

— Je dois t'avertir, je suis une gorgone. Fais bien attention. N'essaie jamais de me regarder dans les yeux, tu serais immédiatement changé en pierre. Pour ta sécurité, je porte une cape dont le capuchon me recouvre les yeux. Je t'enlève maintenant ton bandeau.

Ahuri, Béorf découvrit, en ouvrant les paupières, une jeune gorgone d'une grande beauté. Son capuchon, bien calé sur le haut de son nez, laissait entrevoir un joli visage et une belle bouche. Ses lèvres étaient brunes et pulpeuses. Quelques jolies têtes de serpents, dorées et sans aucune malice, sortaient de sa capuche en faisant bouger lentement le tissu. Sa peau était d'un joli vert pâle. Elle lui tendit la main en déclarant :

— Viens, nous devons absolument fuir cet endroit avant que le sorcier nous surprenne. Sais-tu comment sortir de cette ville sans emprunter la grande porte ?

— Oui, je connais un chemin, fit Béorf. Suis-moi !

Ensemble, ils empruntèrent le passage que Béorf avait creusé sous l'un des murs de la ville. Ils s'enfuirent rapidement et arrivèrent sans difficulté dans la forêt. Le gros garçon conduisit la jeune gorgone dans une grotte qui avait toujours servi de garde-manger à ses parents. Là, l'hommanimal plongea la tête la première dans les provisions de nourriture et s'empiffra de fruits séchés, de noix, de miel, de céréales et de viande salée. Lorsqu'il fut complètement rassasié, Béorf offrit, par politesse, quelque chose à manger à son sauveteur.

— Merci beaucoup, dit la fille, je ne mange pas ce genre de choses. Je ne consomme que des insectes. J'adore les cafards bouillis dans du sang de crapaud. C'est un pur délice ! Toi qui aimes bien manger, tu devais essayer ma recette un de ces jours.

Béorf eut un haut-le-cœur, mais n'en laissa rien paraître. Il avait repris des couleurs et se sentait maintenant en grande forme. Comme tout son corps se détendait après cette immense délivrance, il ne put retenir un rot sonore et profond. La jeune gorgone fit entendre un rire cristallin. Béorf se dit qu'il était impensable qu'une si charmante créature puisse être issue d'une race aussi horrible. Il s'excusa, confus, puis demanda :

— Qui es-tu et pourquoi m'es-tu venue en aide ?

— Mon véritable nom serait imprononçable pour toi, répondit la gorgone. Appelle-moi Médousa. C'est ainsi que les humains nomment souvent les gens de ma race. C'est un nom hérité de la princesse Méduse qui fut transformée en laideron immortel par une méchante déesse. Beaucoup de légendes circulent à ce sujet, mais personne ne connaît véritablement les origines de mon espèce. Toi, tu t'appelles Béorf, je le sais. On dit que tu peux te métamorphoser en ours, est-ce que c'est vrai?

Béorf, flatté que cette magnifique jeune gorgone connaisse son nom, se transforma sur-le-champ.

— Voilà! dit-il, fier et poilu de la tête aux pieds.

— Cache tes yeux, dit Médousa, j'aimerais te regarder.

L'ours mit sa patte sur son museau, et la jeune fille put le contempler longuement. Replaçant son capuchon sur ses yeux, elle s'exclama:

— C'est magnifique, un ours! Jamais je n'ai vu de telles bêtes. Tu sais, à l'endroit d'où je viens, il n'y a que des gorgones et des serpents. Il y a aussi beaucoup de statues de pierre, ajouta-t-elle en éclatant de son rire envoûtant. Pour répondre à ta question, je t'ai aidé parce que, moi aussi, j'ai besoin d'aide. Karmakas est un méchant sorcier. Par sa magie, il exerce un contrôle total sur mon peuple. Il nous a obligées à venir dans ce royaume pour exécuter ses volontés. Si nous défions ses ordres, il force les serpents qui composent notre chevelure à nous mordre les épaules et le cou. Ça fait tellement mal que nous poussons des cris de douleur à faire trembler les montagnes. Nous sommes des créatures de la nuit et nous supportons mal le soleil. Cela ne veut pas dire que nous sommes méchantes et cruelles.

Bien sûr, notre pouvoir transforme les êtres que nous croisons en statues de pierre. Pour éviter que de tels malheurs se produisent, mon peuple vit caché dans les collines arides et les déserts de l'Est. Ce sont les gorgones, elles-mêmes, qui m'ont envoyée pour te délivrer. Je te demande de me croire. Nous ne voulons de mal à personne et nous savons comment redonner vie aux statues de pierre que nous créons. C'est un peu compliqué, mais pas du tout irréalisable. Nous ne voulons plus nous battre et nous désirons rentrer chez nous pour vivre en paix. Il nous est impossible de combattre Karmakas. Notre pouvoir ne fonctionne pas sur lui et il nous tient prisonnières. Les gorgones sont ses esclaves. Nous devons le servir ou endurer d'horribles souffrances si nous désobéissons à ses ordres. Regarde la peau de mes épaules et tu comprendras mieux ce que je veux dire.

Médousa tira sa robe et découvrit le haut de son corps. Elle était couverte de plaies béantes et de cicatrices.

— Tu vois bien ! dit-elle. J'ai peine à croire que ce sont mes propres cheveux qui me font cela. Moi qui aime tellement ma coiffure !

Béorf, redevenu humain, demanda naïvement :

— Pourquoi ne coupes-tu pas ces sales bêtes alors ?

— Te couperais-tu un bras ou une jambe même si elle te faisait souffrir ? répondit-elle, un peu fâchée. Ma chevelure fait partie de moi, chacun des serpents dorés que tu vois renferme une partie de ma vie. Les couper signifierait ma mort. Ils sont mes seuls amis et mon unique réconfort. Je les connais depuis que je suis toute petite et chacun porte un nom. Je les nourris et j'en prends grand soin.

— Puis-je te demander quelque chose? fit Béorf, très poliment.

— Tout ce que tu veux, répliqua Médousa.

— J'aimerais voir tes yeux, ton visage.

La gorgone fit de nouveau entendre son si joli rire.

— Mais tu n'écoutes pas ce qu'on te dit, jeune ours? C'est impossible, tu serais immédiatement changé en pierre!

— Je sais qu'on peut regarder une gorgone par le reflet d'un miroir, déclara Béorf, content de lui. Je le sais parce que je l'ai déjà fait par accident. J'ai un miroir ici et...

À ces mots, Médousa paniqua complètement.

— Tu as un miroir! Tu as un miroir! M'as-tu amenée ici pour me tuer? Je savais que je ne devais pas te faire confiance! Je disais justement aux gorgones qu'il faut toujours se méfier de tout ce qui ressemble à un humain. Vous êtes méchants et vous désirez toujours tuer tous les êtres qui sont différents de vous! Si tu veux me tuer, fais-le maintenant, mais arrête de me faire souffrir en me parlant de miroir!

Béorf se précipita sur le miroir, qu'il avait remarqué un instant plus tôt dans les réserves de nourriture, et le fracassa sur le sol de la grotte. Il sauta dessus à pieds joints pour le casser en mille morceaux.

— Tiens, voilà! Plus de miroir! Il n'y a plus de miroir, c'est fini! Plus de danger! Calme-toi, s'il te plaît, calme-toi! Je n'ai pas voulu t'offenser ni te menacer. Je disais cela parce que je te trouve très belle et que je voulais voir tes yeux, c'est tout! Je le jure!

Médousa se calma. Le gros garçon vit couler de grosses gouttes de sueur dans le cou de son amie. En pesant bien ses mots, la gorgone dit:

— Souviens-toi, Béorf, souviens-toi toujours que les gens de ma race ont une peur bleue des miroirs. Une gorgone ne peut pas voir son reflet dans une glace. Elle meurt immédiatement en se déchirant complètement de l'intérieur et tombe ensuite en poussières. C'est la pire des morts que nous puissions connaître. J'aimerais mieux couper les serpents de ma tête un à un que de savoir que je me trouve dans un endroit où il y a un miroir.

Mal à l'aise, le gros garçon lança en riant:

— Ça tombe bien, je n'ai jamais aimé les filles qui passent des heures à se peigner devant la glace!

Après quelques secondes de silence, il demanda encore plus embarrassé:

— Mais, dis-moi, Médousa, il y a quelque chose que je ne comprends pas... J'ai déjà vu des gorgones dans la forêt et... euh... comment dire? Eh bien, elles étaient... disons... pas très agréables à regarder, alors que toi...

La jeune gorgone se mit de nouveau à rire.

— Je vois où tu veux en venir. À dix-neuf ans et demi, c'est-à-dire à l'âge précis où Méduse a été frappée par la malédiction de Céto, notre visage se transforme. Nous devenons laides comme Méduse l'est alors devenue. Quelques-unes d'entre nous, très rares, échappent à ce maléfice. Mais je ne sais pas pourquoi. Aucune ne veut révéler son secret.

— Peut-être que tu le découvriras avant d'atteindre cet âge.

Médousa resta un instant pensive, puis elle dit tendrement :

— Tu es mignon, Béorf, tu sais ?

Béorf sourit de toutes ses dents. En rougissant un peu, il répondit :

— Oui, je sais.

XIII

LE RETOUR À BERRION

Au cours de la fête que les fées avaient organisée pour lui, Amos mangea une grande quantité de mets qu'il n'avait jamais goûtés de sa vie. Pour la première fois de son existence, il but du nectar de jonquilles, de marguerites et de lys. Il assista aussi à un concert donné en son honneur. La musique des fées était sublime. D'une pureté et d'une délicatesse infinies, les airs qu'il entendait étaient surréels. « Il n'y a rien d'étonnant à ce que Junos ait été envoûté » pensa-t-il en se rappelant l'aventure de son ami dans le bois. Amos s'endormit dans l'herbe au son de la musique céleste.

Au matin du nouveau jour, les fées lui apportèrent un grand verre de rosée et un morceau de gâteau aux pétales de roses. Le jeune garçon quitta ensuite la forêt avec son masque serti de la pierre blanche et son trident d'ivoire. Il reprit le long passage permettant d'entrer dans le bois de Tarkasis et d'en sortir. Arrivé à l'orée de la forêt, quelle ne fut pas sa surprise d'y voir plusieurs écriteaux portant la mention : « Forêt interdite par décret royal ». Tout étonné, il rejoignit la route et remarqua qu'elle était maintenant pavée.

«Ces choses-là ne peuvent s'accomplir en une seule nuit !» se dit-il.

Cependant, sa surprise fut totale lorsqu'il arriva aux abords de la ville de Berrion. La petite cité était devenue trois fois plus grosse. D'imposants murs avaient été érigés. Un étendard flottait sur le toit d'un château récemment construit. Le pavillon arborait une lune et un soleil partageant le même cercle. À la porte de la ville, un garde intercepta Amos.

— Par décret royal, tous les enfants qui désirent franchir les murs de cette ville doivent me donner leur nom.

Amos n'en croyait pas ses yeux ni ses oreilles. La dernière fois qu'il y était venu, cette ville n'avait pas d'armée ! Encore moins de puissants chevaliers vêtus de magnifiques armures et munis de longues épées ! Comment les choses avaient-elles pu changer à ce point en une nuit seulement ? Le garçon se souvint que Junos, envoûté par le sortilège des fées, avait dansé pendant près de cinquante ans dans le bois de Tarkasis. Pourtant, Amos était toujours un enfant, et non pas un vieillard. Il n'avait donc pas subi la même malédiction que Junos. C'est le monde autour de lui qui avait changé.

— Je m'appelle Amos Daragon, dit-il timidement.

— Je vous prie de me répéter votre nom, jeune homme, demanda fermement le garde.

— Euh... Amos, Amos Daragon.

— Si tel est votre nom, vous devez me suivre immédiatement.

Sans résister, Amos accompagna le garde dans la ville pour se rendre jusqu'au château. Les maisons, les auberges, les boutiques, le marché, les rues, les gens, tout avait changé. La veille, il avait quitté un gros village où les gens arrivaient difficilement à gagner leur vie et, aujourd'hui, il déambulait dans les rues d'une grande cité fortifiée où tout le monde semblait vivre dans une certaine aisance. Amos n'y comprenait rien.

En arrivant au château, le garde le conduisit immédiatement dans une vaste salle où se trouvait un trône. Amos y demeura seul un moment, puis, tout à coup, les grandes portes de la salle s'ouvrirent. Un homme d'un certain âge courut vers lui et le souleva de terre en criant de joie:

— Amos, mon ami! Tu es de retour! Comment vas-tu? Il y a si longtemps que je t'attendais! C'est un grand jour! C'est une telle joie de te revoir!

L'homme finit par déposer Amos par terre. Celui-ci n'en revenait pas. C'était Junos en personne qui se tenait devant lui! Il était moins âgé d'une dizaine d'années, beaucoup plus costaud, et son visage en disait long sur sa joie de revoir son ami.

— Excuse-moi, Junos, dit Amos, mais j'aimerais bien que tu m'expliques ce qui se passe. Hier, tu as retrouvé ta jeunesse et maintenant te revoilà encore vieux. As-tu revu tes parents? As-tu retrouvé ton chien? Qu'est-ce qui se passe? Tu étais conteur et te voilà maintenant roi? Je ne comprends plus rien, Junos.

L'homme souriait en entendant son jeune ami le questionner de la sorte.

— Assieds-toi sur mon siège que je t'explique.

Amos prit place sur le trône et réfléchit tout haut :

— Si tu es devenu roi, Junos, c'est que tu ne sais rien faire ou que tu as pris l'habitude de faire n'importe quoi !

Le rire du roi résonna dans toute la pièce.

— Mon histoire ! Tu te souviens de cette histoire ? Elle est bonne, celle-là ! Il y a des années que je ne l'ai pas racontée. Je pense que je ne m'en souviens même plus !

— Explique-moi d'abord ce qui se passe, Junos, et après je te rafraîchirai la mémoire. Ton conte, je l'ai entendu de ta bouche, il y a deux jours de cela, et tu avais l'air d'un vieillard. Maintenant, tu es un homme dans la force de l'âge.

Junos reprit son souffle et raconta :

— Si tu veux, je ferai comme dans le temps. Dans le temps où je racontais des histoires pour survivre. J'étais plus vieux et plus laid qu'aujourd'hui par contre. Je me lance. Bon ! Il était une fois un gamin qui s'aventura dans le bois de Tarkasis pour retrouver son chien, il dansa avec les fées et devint vieux. Il passa douze ans à raconter des histoires pour manger, il rencontra Amos Daragon qui devint son ami et il retrouva sa jeunesse grâce à lui. Jusque-là, c'est une vieille histoire. Tu connais le début, mais pas la fin. La suite est meilleure encore. Donc, le garçon à qui l'on avait volé près de cinquante ans de vie redevint jeune. Un bond de cinq décennies en arrière ! Il fut renvoyé dans le bois exactement une heure après sa première rencontre avec les fées. Il retrouva son chien et ses parents. Jamais personne ne sut qu'il avait vécu autant d'années dans la peau d'un vieillard misérable. Seulement voilà, le garçon retrouva son corps d'enfant, mais conserva sa mémoire d'adulte intacte. Comme Junos avait une dette envers son meilleur ami, qui en réalité n'était pas encore né, il choisit de devenir chevalier et partit apprendre l'art du combat dans un royaume voisin. Après bien des années de loyaux services, le grand roi demanda à Junos, son meilleur chevalier, ce qu'il désirait le plus au monde. Le garçon, devenu grand, sollicita les terres de Berrion et y fit construire une grande ville. Il monta une armée, créa les chevaliers de l'équilibre et attendit que tu sortes de la forêt pour enfin t'accueillir. Il fit également poser des écriteaux près du bois de Tarkasis afin qu'aucun malheur n'arrive plus à personne et que les fées demeurent en paix.

— C'est magnifique ! s'exclama Amos. Il y a donc cinquante ans que tu attends que je sorte de cette forêt ?

Junos, le seigneur et maître de Berrion, déclara :

— Oui, Amos, il y a cinquante ans que je t'attends. Tu m'as rendu ma jeunesse. Grâce à toi, j'ai eu une enfance heureuse et mes parents sont morts dans mes bras, fiers de ce que j'étais devenu. Grâce à toi, j'ai retrouvé mon chien et je l'ai aimé et gâté toute sa vie durant. Grâce à toi, j'ai même eu le temps d'apprendre à cuisiner ! Avec la recette de ma mère, c'est moi qui fais les meilleures crêpes du royaume. Je me souviens encore bien du grand conseil des fées auquel j'ai assisté. Je connais ta mission et la tâche qui t'attend. Je me souviens aussi que tu m'avais dit, il y a bien longtemps pour moi de cela, que Bratel-la-Grande était tombée aux mains des gorgones. J'ai envoyé mes hommes qui m'ont confirmé la chose. J'ai créé l'ordre des chevaliers de l'équilibre pour te servir et pour t'aider dans ta mission. Une armée de quatre cents hommes attend tes ordres, cher porteur de masques !

Amos n'en croyait pas ses oreilles. Tout était arrivé si vite, du moins pour lui.

Junos, l'œil taquin, continua :

— Ah oui, j'ai aussi demandé à mes hommes de ratisser toutes les terres de Berrion, et nous avons retrouvé tes parents. Ils sont dans une des chambres du palais. Viens vite, allons les voir !

***

Les retrouvailles furent émouvantes. Amos se jeta dans les bras de ses parents et longtemps ils dansèrent de joie. Urban expliqua à son fils comment lui et sa femme avaient fui juste à temps Bratel-la-Grande. Immédiatement après l'expulsion d'Amos et de Béorf, ils avaient concocté un plan. Ils avaient fait leurs bagages et les avaient chargés sur un cheval. Puis, sachant où étaient rangées les armures de Barthélémy, Urban en avait enfilé une. Il s'était présenté tel un chevalier à la porte de la ville, chevauchant fièrement sa monture. Marchant à côté du cheval, les deux mains attachées derrière le dos, Frilla jouait la prisonnière. Urban avait ordonné qu'on ouvre encore une fois les portes de la ville afin d'en chasser la mère des deux enfants expulsés un peu plus tôt. Sans poser de questions, le gardien des portes avait obéi. Frilla s'était aussitôt défait de ses faux liens, avait sauté sur le cheval, et les deux époux s'étaient enfuis dans la nuit. Le gardien, pas très fier de s'être fait avoir de la sorte, n'avait parlé de l'incident à personne. C'est ainsi qu'Urban et Frilla avaient pu fuir avant l'attaque des gorgones.

Amos voulut raconter son histoire à lui, mais Junos s'était déjà chargé de relater à Urban et à Frilla, dans les moindres détails, leur rencontre et leur expédition au bois de Tarkasis.

Le soir, avant de se mettre au lit dans l'immense chambre que Junos lui avait réservée, Amos essaya de nouveau le masque. Il était seul et ce moment lui parut tout indiqué pour commencer ses expériences. Ce dont il ne s'était pas encore aperçu, c'est que le masque, au contact de sa peau, disparaissait complètement. En se regardant dans un miroir, Amos constata avec étonnement que, bien qu'il sentît le masque bouger sur son visage, celui-ci demeurait invisible pour l'œil humain. La chose lui fut confirmée lorsque, ainsi masqué, il ouvrit la porte de sa chambre pour demander à un garde qui se trouvait dans le couloir de bien vouloir venir ouvrir une fenêtre coincée. L'homme s'exécuta sans rien remarquer d'anormal chez le garçon.

Lorsque le garde fut parti, Amos fut pris d'un vertige. Il respirait comme jamais il ne l'avait fait auparavant. C'était comme si l'air entrait par tous les pores de sa peau. Il leva la tête et vit la Dame blanche. Elle avait maintenant huit ans et s'amusait avec les oreillers sur le lit. Elle lança nonchalamment :

— Ne t'en fais pas, le masque s'ajuste à toi. Il lui faut un certain temps pour te connaître. Il te sonde et, bientôt, il entrera en contact avec ton esprit. Attention, ça va faire boum !

Comme l'avait annoncé la Dame blanche, Amos se sentit soudain traversé par un éclair. Il poussa un cri. La douleur qu'il éprouvait dans le cerveau était si intense qu'il tomba à genoux, paralysé par le mal qui ne cessait de croître. C'était une horrible torture. Au bout de quelques minutes qui lui semblèrent durer une éternité, la souffrance disparut et Amos réussit à se remettre debout. La petite fille habillée de blanc, qui, maintenant, sautait sur le lit à pieds joints, dit :

— C'est terminé ! Tu ne pourras plus jamais enlever ce masque de ton visage. Les autres masques, si tu les trouves, viendront s'emboîter sur celui-ci. Le pouvoir du vent est maintenant en toi ! Cette force retournera dans le masque seulement et uniquement à ta mort. C'est ainsi. Viens maintenant !

La Dame blanche prit Amos par la main et l'entraîna vers le balcon de la chambre. De là, ils avaient une magnifique vue sur la cité de Berrion. La nuit était tombée. Des flambeaux et des feux de joie illuminaient les activités nocturnes de la ville.

— Vas-y, dit-elle, fais lever le vent !

Amos tendit le bras gauche. Une brise forte et constante fit trembler les feux des torches sur une grande partie de la ville.

— Eh bien, fit la petite fille en blanc, puisque tu es si doué, je pense que tu n'as plus besoin de moi. Tu constateras que tu peux également déplacer, en soufflant avec la bouche, une assez grande quantité d'air. Si tu le veux, ton trident ou n'importe quelle autre arme de jet pourront parcourir de très grandes distances. Tu pourras aussi parler et faire en sorte que tes mots soient portés à plusieurs lieux de l'endroit où tu te trouves. Les oiseaux sont maintenant tes amis. N'abuse pas de leur confiance !

La petite fille en blanc courut vers le lit, tira les couvertures, se glissa sous les draps et disparut prestement. Amos n'avait pas pu, cette fois-ci encore, placer un seul mot.

***

Amos ouvrit les yeux et se redressa d'un bond. Il était dans son lit. C'était le matin. Il ne sentait plus le masque sur son visage. Il regarda autour de lui. Le masque s'était volatilisé. Il regarda dans la glace : rien sur sa figure. Voyant une mésange à tête noire qui prenait un bain de soleil sur le balcon, le jeune garçon s'en approcha. L'oiseau ne parut pas le moins du monde effrayé. Amos tendit la main vers lui et lui demanda gentiment, à mi-voix et d'un ton doux, s'il voulait bien venir se poser sur son bras. Immédiatement, la mésange quitta la balustrade pour venir sur sa main.

« Alors, pensa-t-il, tout ce que j'ai vécu hier soir était vrai… Ce n'était pas un rêve. Le masque s'est intégré à mon corps et je possède maintenant tous ses pouvoirs. Et dire qu'il n'a qu'une seule de ses quatre pierres de pouvoir ! J'ai du mal à imaginer ce que sera ma force lorsque les trois autres y seront enchâssées. Il y a aussi les autres masques, celui de la terre, celui du feu et celui de l'eau. J'espère avoir assez d'une vie pour rassembler tout ça et accomplir ce qu'on attend de moi. »

Amos vit passer une corneille. L'oiseau le salua d'un coup de tête en continuant sa route. Le garçon s'appuya à la balustrade du balcon. Sur une petite place, un peu plus loin, une dizaine d'enfants essayaient en vain de faire s'envoler un cerf-volant. Amos se concentra, leva la main gauche, et le vent emporta le cerf-volant très haut dans les airs. Les gamins crièrent de joie. Après quelques minutes, le jeune porteur de masques perdit sa concentration, et le cerf-volant tomba directement sur le nez d'un passant. Étourdi, Amos s'écroula par terre et la mésange s'envola.

« Je m'aperçois maintenant, se dit-il, que la magie des éléments est épuisante et qu'il faut une concentration sans commune mesure pour maintenir un sort très longtemps. Si ce qui s'est passé hier soir n'était pas un rêve, je dois essayer une dernière chose pour ce matin. »

Avec ses mains, Amos recueillit de l'air comme on ramasse de la neige. Il en fit une boule transparente. Il plaça ensuite la sphère sur sa bouche et emprisonna ce message à l'intérieur :

— Béorf, c'est moi, Amos. Je vais bien et j'arriverai aussi vite que possible avec une armée de quatre cents chevaliers. Tiens bon, mon ami, je serai bientôt à tes côtés.

Une fois son message terminé, Amos vit que ses mots tourbillonnaient dans la boule, incapables d'en sortir. Alors, il lança la boule de toutes ses forces en disant à haute voix :

— Va jusqu'à l'oreille de mon ami Béorf et brise-toi !

Il regarda la boule voler en direction de Bratel-la-Grande. Il espérait de toute son âme que son ami était encore en vie. Béorf lui manquait beaucoup et il regrettait amèrement de s'être séparé de lui. Perdu dans ses pensées, Amos descendit à la salle à manger du château pour y grignoter quelque chose. Il y trouva Junos qui, tout en aidant ses serviteurs à débarrasser les tables de ceux qui avaient déjà pris leur petit-déjeuner, lui dit :

— J'ai demandé à mes hommes de préparer leurs affaires pour que nous puissions partir bientôt. Le chemin est long et les dangers qui nous attendent sont grands et nombreux. Nous devons bien nous reposer avant de reprendre Bratel-la-Grande aux forces du mal. Enfin, nous discuterons de stratégies plus tard. Vive les chevaliers de l'équilibre !

Amos regarda Junos, tourna de l'œil, et tomba sans connaissance sur le plancher. Son dernier tour de magie l'avait vidé de toute son énergie.

XIV

LES YEUX DE MÉDOUSA

Cela faisait trois jours que Béorf et Médousa partageaient la même cachette. Ils n'étaient pas sortis une seule fois de la grotte. Dans cet entrepôt de nourriture, le garçon avait suffisamment de provisions pour survivre plusieurs semaines. La jeune gorgone se contentait d'avaler les insectes qu'elle trouvait dans la caverne. Ce régime ne lui plaisait pas trop. Elle aurait préféré plus de cafards et moins d'araignées.

Des orages violents et de fortes pluies les confinaient dans ce lieu peu confortable. Ils discutaient beaucoup. Béorf avait raconté à son amie sa vie dans la forêt, son quotidien avec ses parents et ses jeux avec les abeilles. Plus le temps passait, plus Béorf appréciait Médousa. Il n'avait pas souvent eu l'occasion de se faire des amis, et cette rencontre emplissait son cœur d'un bonheur qu'il n'avait jamais connu auparavant. La jeune gorgone était douce et attentionnée, calme et placide.

Béorf avait fabriqué, avec de la paille et de petits morceaux de bois, une charmante poupée représentant Médousa. Pour le remercier, la gorgone l'avait tendrement embrassé sur la joue. Béorf aurait voulu que ce séjour dans la grotte ne finisse jamais. Il se sentait respecté et aimé. Très vite, il était tombé amoureux. Les paroles de Médousa résonnaient comme une douce musique à ses oreilles. La nuit, ils dormaient dos à dos pour se réchauffer. Le gros garçon vivait dans une allégresse sans fin. Les heures passaient comme des minutes ; les journées, comme des heures.

Le matin du quatrième jour, Médousa demanda à Béorf s'il savait pourquoi le sorcier s'intéressait tant à Bratel-la-Grande.

— Oh oui, je le sais ! répondit-il en s'empiffrant de noisettes. Il est à la recherche d'un pendentif. Mais ne sois pas inquiète, jamais il ne le trouvera !

— Pourquoi ? fit la gorgone, étonnée par le ton convaincu de son ami.

— Parce que je l'ai bien caché ! affirma Béorf, très fier de lui. Je ne sais pas ce que ce pendentif représente pour l'homme-serpent, ni quels sont ses pouvoirs. Il m'a bien raconté une histoire là-dessus, mais je n'en crois pas un mot. Les nagas sont des êtres dont il faut se méfier. Ils sont rusés et menteurs.

Médousa réfléchit un instant et dit :

— Mais si nous avions cet objet, nous pourrions l'utiliser contre lui ! Je connais un peu la magie et si je pouvais voir le pendentif, cela nous aiderait peut-être à comprendre ses pouvoirs.

— Je crois qu'il est plus dangereux de l'avoir en notre possession que de le laisser là où il est, bien caché. Je pense que Karmakas est capable de sentir la présence de cet objet et, en très peu de temps, nous l'aurions sur le dos.

— Oui, tu as raison, mon ami, répliqua Médousa. Je suis quand même curieuse de savoir où tu as bien pu mettre ce pendentif afin qu'il ne le retrouve pas.

— J'aimerais bien te le dire, mais je ne le ferai pas. Si jamais tu étais capturée, Karmakas te torturerait pour t'arracher le secret.

Vexée, la jeune gorgone lui tourna le dos. Puis elle déclara :

— De toute façon, s'il me capturait, je serais immédiatement tuée pour t'avoir aidé à t'enfuir. Je comprends que tu désires garder ce lieu secret... Mais je croyais être ton amie. Chez moi, nous disons tout à nos amis. Tu as peut-être raison de ne pas me faire confiance. Je ne suis qu'une méchante gorgone après tout !

Béorf, confus et mal à l'aise, répondit :

— Mais oui, tu es mon amie ! Et même ma meilleure amie ! C'est pour te protéger que je ne veux pas te dire où j'ai caché le pendentif.

— Excuse-moi, finit par dire Médousa. Je sais que tu fais cela pour mon bien. Je suis trop curieuse. Je t'admire tellement ! J'aurais aimé savoir quelle ruse tu as trouvée pour empêcher le sorcier de retrouver son pendentif, c'est tout.

Le gros garçon, touché par ce compliment, s'approcha doucement de sa copine.

— Très bien, je vais te le dire ! Ce sera notre secret. Lorsque j'ai caché le pendentif, je n'avais pas encore rencontré Karmakas. Mon ami Amos m'avait dit que quelque chose ou quelqu'un de très puissant était à la recherche de cet objet. Après son départ pour le bois de Tarkasis, quand je me suis retrouvé seul, j'ai pensé à un endroit où personne n'irait le chercher. Je l'ai caché dans le cimetière de Bratel-la-Grande. Il y a là des milliers de tombes et des dizaines de caveaux. C'est un véritable labyrinthe et ce ne sont pas les cachettes qui manquent. Le cimetière est à dix minutes de marche de la ville. Je me suis dit que les gorgones n'iraient sûrement pas interroger les morts et j'ai eu raison. Je suis certain que le sorcier ne pensera jamais à fouiller cet endroit !

Médousa sourit tendrement.

— Merci de ta confiance, mon ami. Je ne révélerai ce secret à personne. Mais si je peux me permettre de te poser encore une question, où l'as-tu caché dans le cimetière ?

— J'aime mieux garder ça pour moi, répondit Béorf. C'est difficile à expliquer à quelqu'un qui ne connaît pas l'endroit. J'y suis souvent allé avec mes abeilles parce qu'il y a là des fleurs magnifiques, toujours pleines de pollen. Je te le montrerai plus tard si tu veux.

C'est à ce moment précis que Karmakas entra dans la caverne. Sa longue queue de serpent avait disparu et il se déplaçait maintenant sur deux jambes. D'un geste vif, il saisit Médousa et lui mit un poignard sous la gorge.

— Ssssss, il était temps ! Je vous surveille depuis trois, ssssss, depuis trois jours. Ma patience était, ssssss, était à bout. Maintenant, jeune béorite, tu vas, ssssss, tu vas aller dans ce cimetière et me, sssss, me rapporter aussitôt mon, sssss, mon pendentif. Sinon, sssss, je tue ta copine. Une gorgone de plus, sssss, de plus ou de moins, ça ne changera rien pour, sssss, pour mon armée.

Médousa, sereine malgré la lame menaçante qui caressait sa gorge, intervint :

— Ne cède pas à ce chantage, Béorf, ne lui dis rien ! Si tu me sauves la vie, tu vas mettre en péril un tas d'autres personnes ! Laisse-le me tuer ! Lorsqu'il aura le pendentif, il nous tuera de toute façon. Sauve ta vie et tais-toi !

Béorf, muet devant la scène, ne savait plus quoi faire.

— Pense vite ! dit Karmakas en enfonçant lentement la lame de son arme dans la peau de la jeune créature.

La douleur fit hurler Médousa. Ne supportant pas de voir son amie souffrir, Béorf cria :

— Très bien ! Laissez-la vivre et je vous donne le pendentif ! Jurez-moi que vous ne lui ferez aucun mal !

— Je le jure, répondit le nagas. Je t'attendrai ici, sssss, avec elle, pour être sûr que tu, sssss, que tu reviendras. Va chercher mon, sssss, mon pendentif et fais vite, sssss. Je n'ai plus beaucoup de, sssss, de patience en réserve.

Béorf se transforma en ours et sortit d'un bond de la grotte. Il courut à perdre haleine vers le cimetière de Bratel-la-Grande. Chemin faisant, il essaya de trouver une solution, une ruse qui lui permettrait de se tirer de ce pétrin. « Si Amos pouvait être là ! pensa-t-il. Lui, il trouverait un moyen pour garder le pendentif et sauver Médousa. » Une chose était cependant claire dans son esprit : la gorgone ne devait pas mourir et il ferait tout ce qui était en son pouvoir pour la garder en vie, près de lui. Béorf aimait Médousa. Il se sentait même prêt à donner sa propre existence pour préserver celle de son amie.

Arrivé au cimetière, Béorf s'avança vers le caveau d'une importante famille de la ville. En déplaçant une pierre dont le mortier s'était effrité avec les années, il récupéra prestement le pendentif. Le béorite respira un peu, le précieux objet entre les pattes. Ses pensées étaient confuses et la peur de perdre Médousa le torturait. Il était piégé ! Le nagas n'avait aucune raison de leur laisser la vie sauve une fois qu'il aurait récupéré son bien. Béorf avait fait tout son possible pour que le sorcier ne retrouve pas le pendentif. Maintenant, il n'avait pas le choix : il devrait affronter la mort dignement en espérant la clémence de Karmakas. Sur cette sombre pensée, c'est le pendentif maintenant entre ses dents qu'il prit le chemin du retour.

Lorsqu'il arriva à la grotte, Béorf retrouva sa forme humaine. En sueur, devant le magicien qui menaçait toujours Médousa avec son arme, il dit :

— Voici votre pendentif ! Maintenant, laissez-nous la vie sauve. Si vous voulez vraiment tuer quelqu'un pour apaiser votre colère, prenez ma vie. Je vous l'échange contre la sienne. Laissez-la vivre, car elle n'a rien à voir dans cette affaire. Cela se passe entre vous et moi !

Le magicien saisit le pendentif. Avec un rire monstrueux, il lança :

— Très bien, sssss, je prends ta vie et, sssss, et je laisse Médousa vivre. Cet accord te, sssss, te convient ?

Résigné, Béorf gonfla la poitrine et déclara solennellement :

— Oui, ma vie contre la sienne !

Le nagas semblait s'amuser follement. Il rangea son arme et dévoila la tête de Médousa.

— Tu vois, sssss, ma belle enfant, fit-il, comme, sssss, comme tout s'arrange pour toi !

La jeune gorgone serra le nagas dans ses bras et l'embrassa sur la joue.

— Tu m'avais dit que les béorites étaient stupides et sentimentaux. Tu avais bien raison ! Le faire parler a été un jeu d'enfant. Je n'aurais pas cru la chose aussi facile. Merci de ta confiance, père, je pense que j'ai bien joué mon rôle.

Béorf, bouche bée, n'en croyait pas ses yeux ni ses oreilles. Karmakas regarda le gros garçon et dit avec un affreux sourire :

— Je te présente ma, sssss, ma fille Médousa. Toutes les gorgones sont, sssss, sont mes enfants. Nous formons tous une, sssss, une grande famille !

Après avoir replacé son capuchon sur ses yeux, la jeune créature s'adressa à Béorf :

— Croyais-tu sincèrement que tu étais devenu mon ami ? Je déteste les êtres poilus, ils me répugnent ! Tu empestes la bête mal lavée et je te trouve grotesque. Je ne t'aime pas, je te déteste. Si tu te servais plus souvent de ton cerveau que de ton estomac, tu aurais rapidement compris que je jouais la comédie. C'était tellement facile de te faire croire que j'étais ton amie ! Je n'ai aucun mérite, mon cher Béorf. Tu es si stupide !

Presque en larmes, le garçon répondit :

— Je t'ai vraiment aimée, Médousa. Et même si à présent je sais que tu m'as menti et que je vais mourir, jamais je ne regretterai les moments passés avec toi. Ce furent assurément les plus beaux de ma vie.

— TAIS-TOI ! cria la gorgone. Tu es pitoyable. Je vais te faire un cadeau, brave garçon. En échange de la ridicule poupée que tu m'as fabriquée, je vais exaucer un de tes vœux. Je vais, à l'instant, te laisser voir mes yeux. Ce sera la dernière chose que tu regarderas avant de te pétrifier à tout jamais. Il serait dommage que je te prive de ce spectacle !

Médousa retira son capuchon, et Béorf ne songea même pas à tourner la tête, tant il désirait voir ses yeux. Ils étaient rouge sang. Au centre de ses pupilles, le béorite vit danser une lueur, un feu ardent. Incapable de bouger, il sentit sa peau se durcir. Une froideur envahit tout son corps. Juste avant d'être transformé en statue de pierre, Béorf eut le temps de dire tendrement :

— Tu as les plus beaux yeux du monde, Médousa.

XV

LA NOUVELLE MISSION

Depuis presque une semaine, Médousa se rendait tous les jours à la grotte où Béorf se trouvait, maintenant pétrifié et sans vie. Elle regardait longuement son visage candide, figé dans la pierre. Il lui avait dit qu'elle avait les plus beaux yeux du monde. La gorgone n'arrivait pas à se sortir de la tête cette dernière phrase qu'il avait prononcée. En dépit du danger que ses yeux représentaient pour lui, Béorf ne s'était pas défilé. Il était allé jusqu'au bout de ses sentiments pour elle.

Médousa n'arrivait pas à comprendre ce comportement. Chez les gorgones, l'amour n'existait pas. C'était un sentiment à éviter, une faiblesse imputée aux autres races. Toujours, autour d'elle, on avait ridiculisé l'amour et l'amitié. Médousa n'avait pas d'amis. C'était mal vu dans son pays. Les faibles s'alliaient uniquement aux forts pour survivre. Chez elle, son quotidien était rempli d'incessants combats visant à prendre le pouvoir, à diriger des clans, à trouver de la nourriture et un endroit sécuritaire pour dormir.

Depuis sa plus tendre enfance, Médousa n'avait connu que la violence de ses semblables. Le seul être qui lui avait donné un semblant d'affection était son père. Karmakas recueillait les gorgones les plus faibles pour s'occuper d'elles. Dès lors, celles-ci le servaient sans rechigner. Il avait, de cette façon, mis sur pied une puissante armée dont chaque membre connaissait sa puissance et n'osait jamais le défier. Il se faisait appeler « père » par toutes les créatures et donnait des grades à ses meilleures combattantes. Les plus hautes gradées des gorgones s'appelaient toutes « mère ». Le magicien avait ainsi réussi à créer des rapports familiaux jusque-là inexistants au sein de cette race.

Béorf avait beaucoup parlé de sa famille à Médousa, et celle-ci n'arrivait pas à comprendre ce type de relation. Chez elle, il n'y avait pas de mâles. Toutes les gorgones étaient des femmes. Les légendes disaient que la première des gorgones, celle qui avait été transformée par Céto, se reproduisait chaque fois qu'une goutte de son sang tombait sur le sol. En réalité, la reproduction des gorgones se faisait par le biais de leurs cheveux. Chaque serpent de leur chevelure était une nouvelle gorgone prête à voir le jour. Arrivé à maturité, le reptile tombait par terre et devenait, avec le temps, une gorgone. Il n'y avait donc pas, chez Médousa, de structure familiale ordonnée. C'était chacun pour soi. Pas question d'aider les plus jeunes ou encore de s'occuper des plus vieilles du clan. La vie était très difficile, et seules les créatures les plus vicieuses, les plus fortes et les plus rusées arrivaient à survivre.

Médousa n'avait pas menti à Béorf quand elle lui avait confié que Karmakas contrôlait, par sa magie, les serpents de leur chevelure. Lorsqu'une gorgone n'obéissait pas sur-le-champ aux ordres du sorcier, les reptiles lui piquaient impitoyablement le visage et les épaules. La souffrance était si intense qu'elle anéantissait, chez son peuple, toute volonté de révolte ou d'indépendance.

C'est Karmakas qui avait ordonné à Médousa de délivrer Béorf et de lui faire croire qu'elle était son amie. Voyant que le gros garçon, malgré la faim, refusait de parler, le sorcier avait décidé de lui tendre un piège. Il avait ensuite écouté toutes les conversations que Médousa et Béorf avaient eues dans la grotte par l'intermédiaire des reptiles dorés qui constituaient la chevelure de la gorgone. Les béorites étaient des êtres au cœur aussi grand que leur estomac. La ruse du sorcier s'était avérée efficace.

Karmakas avait maintenant le pendentif et restait enfermé dans le château de Bratel-la-Grande. Il avait ordonné qu'aucune gorgone ne sorte de la capitale. Médousa connaissait le passage secret de Béorf et, refusant de continuer à obéir au sorcier, elle s'y faufilait en cachette. Tous les jours, elle empruntait le tunnel pour aller observer le jeune hommanimal.

Il y avait quelque chose de fascinant chez ce garçon. Lorsqu'elle regardait Béorf, la gorgone sentait naître en elle un sentiment nouveau. Une impression de vide qui jamais auparavant ne l'avait habitée. Médousa aurait encore voulu prendre Béorf dans ses bras, le regarder discrètement s'empiffrer de noisettes, entendre ses tourbillons de mots et sentir la chaleur de son dos contre le sien. Ce sentiment qui s'éveillait lentement, au fil de ses visites, la faisait de plus en plus souffrir. Pas comme une morsure de serpent ou une blessure de combat. Non, c'était plus vif, plus profond et plus grave.

De sa main, elle caressait longuement le visage de Béorf en se rappelant sa bonne humeur et sa naïveté. Il ne serait plus jamais là, vivant, à ses côtés. Médousa le savait bien. Pour rompre le sortilège d'une gorgone, il fallait que celle-ci soit tuée par son propre reflet dans un miroir. C'était l'unique façon de redonner vie à la pierre, la seule solution pour annuler la malédiction. Il était maintenant impossible qu'un jour Médousa revoie Béorf vivant. Pour la première fois de sa vie, elle s'ennuyait de quelqu'un. Elle se surprenait à rire en pensant aux pitreries de Béorf et à pleurer en le voyant ainsi prisonnier de sa malédiction. Elle avait trahi son seul ami et se sentait terriblement coupable.

Comme Médousa caressait une dernière fois le visage de Béorf avant de rentrer à Bratel-la-Grande, un souffle de vent pénétra dans la grotte. Il fit un tour méthodique des lieux en effleurant chaque objet et en tournoyant contre les parois irrégulières de la caverne. On aurait dit qu'il cherchait quelque chose. La brise entoura Médousa, puis Béorf. Elle s'agglutina devant la tête de ce dernier pour former une sphère translucide. La boule essaya d'entrer dans l'oreille de Béorf, mais elle ne put traverser la pierre. Incapable de délivrer son message, elle se brisa et Médousa entendit la voix d'un garçon qui disait:

— Béorf, c'est moi, Amos. Je vais bien et j'arriverai aussi vite que possible avec une armée de quatre cents chevaliers. Tiens bon, mon ami, je serai bientôt à tes côtés.

Béorf avait parlé à Médousa de son ami Amos, parti pour le bois de Tarkasis, mais jamais il n'avait fait mention de tels pouvoirs. Amos arrivait donc avec une armée pour reprendre Bratel-la-Grande. La jeune gorgone sortit précipitamment de la grotte pour aller avertir Karmakas. À mi-chemin, elle se ravisa.

«Si je dis tout au sorcier, pensa-t-elle, je trahis Béorf une deuxième fois. Par contre, si je me tais, les chevaliers prendront la ville par surprise et mon peuple sera anéanti. Je risque moi-même de perdre la vie.»

Face à ce dilemme, Médousa s'assit pour réfléchir. Elle ne voulait plus faire de mal à personne. Son cœur avait découvert, trop tard, la force de l'amitié. Entre ses mains reposait le destin des hommes et des gorgones. Il lui fallait trancher et choisir une fois pour toutes son camp. D'un pas rapide, elle revint à la grotte. Debout devant Béorf, Médousa le regarda de la tête aux pieds. Après s'être torturé les méninges un bon moment, elle dit dans un soupir :

— Toi aussi, tu as de beaux yeux, mon ami.

***

Après avoir récupéré son pendentif, Karmakas était rapidement retourné au château de Bratel-la-Grande. Une fois dans ses nouveaux quartiers, il avait ordonné à ses servantes gorgones de ne le déranger sous aucun prétexte. Le nagas avait attentivement regardé le pendentif. Il l'avait longtemps caressé de ses longs doigts en souriant de contentement. Enfin, le sorcier avait récupéré son bien ! Après de longues années de recherche pour retrouver Yaune-le-Purificateur, ses efforts étaient pleinement récompensés. Ses ennemis, les chevaliers de la lumière, n'étaient plus que d'inoffensives statues et il allait finalement pouvoir donner naissance à son basilic.

Karmakas sentait en lui une force nouvelle, un courage rempli de désir de vengeance. Il allait créer une nouvelle arme vivante pour détruire les humains et assurer son règne sur la Terre. Il commencerait par étendre son pouvoir de ville en ville, de pays en pays, pour ensuite contrôler une partie du monde. Ses armées de gorgones iraient ensuite dans le Nord pour attaquer les barbares, puis dans le Sud pour s'emparer des pays riches et prospères qui se trouvaient de l'autre côté de la grande mer. Plus rien n'arriverait à contrarier ses projets. Les dieux des ténèbres le remercieraient et lui accorderaient un pouvoir infini. Peut-être se verrait-il aussi élevé au rang de demi-dieu du mal !

Karmakas était originaire d'une lointaine contrée, près de l'Hyperborée, où les humains considéraient les hommanimaux de sa race comme des démons. Il habitait une grande cité taillée dans la pierre des montagnes arides. Dès son plus jeune âge, il avait montré un don particulier pour la magie. Il savait mieux que personne contrôler les serpents. Voyant cela, ses parents l'avaient confié à la secte des adorateurs de Seth. Il était devenu un puissant sorcier, surpassant rapidement ses professeurs. Il inspirait facilement le respect et la terreur.

Aussitôt proclamé roi et maître de la cité, Karmakas avait incité les habitants à se révolter contre les humains. Son arrogance et son ambition démesurée l'avaient entraîné dans une guerre sans merci contre tous les royaumes des alentours. Des hordes d'hommes-serpents avaient attaqué et pillé les villes et les villages, ne laissant derrière eux que misère et désolation. Las de ces incessants combats, plusieurs hommanimaux de son espèce avaient décidé de se débarrasser de lui. Ils voulaient un autre chef. C'est alors que, en utilisant ses pouvoirs, Karmakas avait mis sur pied une armée de gorgones qu'il avait ensuite dirigée contre son peuple. Pour les punir de leur traîtrise, il avait exterminé les habitants de sa propre ville. Devant cet acte cruel, Seth, le puissant dieu à tête de serpent, s'était manifesté et lui avait offert un œuf de coq pour le récompenser de sa perfidie et de sa méchanceté.

Jamais le sorcier n'avait eu le temps de créer son basilic. L'armée des chevaliers de la lumière, appelée en renfort pour secourir les humains et éliminer le mal, était venue livrer bataille à Karmakas. Celui-ci avait caché son précieux œuf dans un pendentif que Yaune-le-Purificateur avait réussi à voler. Dans la bataille, le sorcier avait été blessé par une lance qui lui avait traversé le corps. Entre la vie et la mort durant plusieurs mois, il avait dû se reposer pendant de longues années avant de retrouver sa force et ses pouvoirs. C'est alors qu'il avait pu partir à la recherche de Yaune et du pendentif. Maintenant, sa quête était terminée. Animé par une insatiable soif de pouvoir, il allait créer un basilic qui, à lui seul, pourrait paralyser des armées et anéantir des cités entières.

Donc, pendant plusieurs jours, Karmakas avait passé tout son temps, enfermé dans ses appartements, à regarder et à caresser le pendentif. Après l'avoir récupéré physiquement, il devait se le réapproprier mentalement, le réinvestir de sa puissance. Lorsqu'il sentit que le moment était venu, le sorcier se rendit dans sa chambre. Cérémonieusement, il ouvrit un petit coffre en or et en sortit une fiole noire. Sur le bouchon, on pouvait voir deux crocs de serpent en diamant comme unique décoration. Le sorcier leva la petite bouteille vers le ciel et but un peu de son contenu après avoir prononcé une formule magique. Aussitôt, le magicien perdit connaissance, et sa tête heurta violemment le sol. Le sorcier sentit son âme quitter son corps.

Karmakas marchait maintenant dans un temple aux murs crasseux. Il déboucha dans une chapelle entièrement construite avec des ossements humains. Les colonnes qui supportaient le toit étaient faites de crânes. Des tibias et des fémurs, incrustés dans les murs, constituaient une tapisserie morbide et effrayante. Au centre de la chapelle, un homme à tête de serpent était assis sur un trône en or. Sa peau était rouge clair et ses mains ressemblaient à de puissantes pattes d'aigle. Karmakas s'agenouilla devant Seth, le dieu de la Jalousie et de la Traîtrise, puis déclara :

— Ton esclave est, sssssss, est là, puissant Seth. Je t'apporte de, sssssss, de bonnes nouvelles. Es-tu disposé à les, sssssss, à les entendre ?

Le dieu cligna des yeux deux fois en signe d'affirmation. Le nagas poursuivit :

— J'ai retrouvé le pendentif contenant l'œuf de, sssssss, l'œuf de coq. D'ici quelques heures, sssssss, j'aurai en ma possession un basilic à, sssssss, à la tête de mon armée de gorgones. Les humains ainsi que toutes les créatures de la, sssssss, de la lumière ne nous, sssssss, ne nous résisteront pas.

Seth, ravi d'entendre cela, répliqua :

— Bien ! La guerre a débuté. Tous les dieux du mal se sont enfin unis pour s'emparer du monde. Nos créatures des eaux gagnent déjà, en ce moment, de nombreux royaumes aquatiques. Nous comptons sur toi, Karmakas, pour étendre le pouvoir des ténèbres sur la Terre. Tu es l'un de nos plus fidèles serviteurs et nous t'estimons beaucoup. Fais attention, toutefois. Souviens-toi de la longue tradition des porteurs de masques. La Dame blanche a recréé cette force éteinte depuis des générations. Un jeune guerrier de l'équilibre a ainsi repris le flambeau. Tu recevras bientôt la visite de cet élu. Il est encore très peu puissant et il ne possède, en vérité, que peu de pouvoirs. Élimine-le rapidement ainsi que sa ridicule armée.

Karmakas se leva, salua son maître et quitta la sinistre chapelle. Il emprunta le corridor, réintégra son corps, puis s'éveilla brusquement. Fatigué par ce voyage, le nagas se leva et se rendit à son laboratoire dans les caves du château. Il y avait là ses potions, de nombreuses fioles de poison et un grand livre noir. Saisissant le pendentif, le sorcier le brisa entre ses puissants doigts et en sortit un œuf de coq. Beaucoup plus petit qu'un œuf de poule, celui-ci était vert pâle, avec des taches grises, et possédait une coquille dure comme de la pierre. Karmakas le plaça dans une boîte en bois qu'il avait lui-même fabriquée et posa par-dessus un gros crapaud. Ce dernier, incapable de bouger, couvrait l'œuf de son large corps. Le magicien referma la boîte dont le couvercle était pourvu de petits trous pour permettre au crapaud de respirer.

Une fois cette tâche accomplie, Karmakas remonta dans la grande salle du château et demanda qu'on lui amène Médousa. Quelques minutes plus tard, la jeune gorgone se présenta devant lui.

— Vous m'avez fait appeler, père ? demanda-t-elle.

— Oui, dit Karmakas. Écoute-moi bien, sssssss, j'ai une autre mission de, sssssss, de la plus haute importance pour, sssssss, pour toi. Je sais qu'une, sssssss, qu'une armée arrivera bientôt, sssssss, bientôt ici pour reconquérir, sssssss, reconquérir la ville. Tu partiras à sa, sssssss, à sa rencontre pour, sssssss, pour l'intercepter. Il y aura parmi les soldats un, sssssss, un humain qui porte le, sssssss, le titre de porteur de masques. Tu dois, sssssss, gagner sa confiance pour ensuite le, sssssss, le transformer en statue de pierre. Quand il sera, sssssss, sera pétrifié, j'enverrai des hordes de, sssssss, de serpents pour détruire son armée. Les gorgones se, sssssss, se chargeront des survivants. Pars et ne reviens pas, sssssss, sans avoir accompli ta mission, sssssss, ta mission correctement.

Médousa n'en croyait pas ses oreilles. Elle venait à peine d'entendre, dans la grotte, le message d'Amos que Karmakas en connaissait déjà les grandes lignes.

Comment avait-il fait pour savoir si rapidement qu'une armée allait bientôt arriver ? Ce sorcier était puissant et elle se devait de lui obéir pour rester en vie. La peur que lui inspirait le nagas, son père, était difficilement supportable. À chaque rencontre, elle tremblait de tout son être et ce n'est qu'au prix de gros efforts qu'elle réussissait à conserver son sang-froid.

— J'essaierai de vous satisfaire du mieux que je pourrai, répondit-elle.

— Pars maintenant, j'ai, ssssss, j'ai autre chose à faire, lança-t-il en s'éloignant.

Puis, plongé dans ses pensées, le nagas ajouta à voix basse en se parlant à lui-même :

— Mon basilic, ssssss, mon basilic m'attend !

XVI

L'ARMÉE DE BERRION

Pendant quatre jours, les chevaliers de l'équilibre se préparèrent selon les recommandations d'Amos. Tous les boucliers furent polis jusqu'à ce qu'ils réfléchissent, comme des miroirs, tout ce qui se trouvait devant eux. En tout temps, ils devaient demeurer impeccables. Les forgerons de Berrion avaient parfaitement accompli leur tâche. Les pavois de l'infanterie scintillaient au soleil, tout comme les rondaches des archers.

Grâce à sa lecture attentive du livre *Al-Qatrum, les territoires de l'ombre*, Amos avait mis au point une stratégie de combat. Il demanda que l'on capture deux mangoustes pour chacun des chevaliers afin de les protéger contre une attaque probable de serpents. La Dame blanche lui était apparue pour le mettre en garde contre une éventuelle pluie de vipères que pourrait déclencher l'ennemi grâce à ses pouvoirs magiques. En ratissant les terres de Berrion et celles des royaumes environnants, on trouva sept cent soixante-dix-sept mangoustes qui furent remises aux quatre cents soldats qui constituaient l'armée de Berrion. Les hommes reçurent l'ordre de ne pas trop nourrir les petits mammifères durant le voyage jusqu'à Bratel-la-Grande. Il était important que les mangeuses de serpents soient affamées lors d'un possible affrontement avec les reptiles.

Parmi tous les coqs de Berrion, Amos choisit celui qui avait le cri le plus puissant et le plus strident. Grâce au pouvoir qu'avait le porteur de masques sur les oiseaux, le coq le suivait fidèlement partout où il allait.

De son côté, Junos exultait en dirigeant ses hommes et se fiait totalement à l'intelligence d'Amos. Il obéissait au jeune garçon sans poser la moindre question. Le roi de Berrion avait même engagé un barde qui, accompagné de l'un ou l'autre des nombreux instruments de musique dont il pouvait jouer, chantait dans le but d'encourager les braves soldats.

Ce fut donc dans une ambiance de fête qu'Amos et l'armée quittèrent la cité de Berrion pour aller libérer Bratel-la-Grande des maudites gorgones. Lorsqu'ils voyaient apparaître l'étendard des chevaliers de l'équilibre qui flottait au vent, les habitants de chaque ville et village les accueillaient par un tonnerre d'applaudissements. Ils avaient tous entendu parler de leur mission, et tenaient à saluer ces hommes qui étaient devenus des héros et paraissaient indestructibles.

Urban et Frilla n'étant pas des guerriers, leur présence sur le terrain n'aurait servi à rien. Ils étaient donc restés à Berrion pour y attendre le retour de leur fils. Ils faisaient confiance à Amos et le laissaient libre de diriger lui-même sa destinée.

Les chevaux galopèrent du lever au coucher du soleil pendant cinq longues journées. Lorsque, au soir du cinquième jour, les soldats de Berrion arrivèrent à la frontière du royaume des chevaliers de la lumière, on envoya des éclaireurs à Bratel-la-Grande, où un spectacle terrifiant les attendait. De chaque côté de la route qui menait à la capitale, on pouvait voir des centaines de statues de pierre alignées telle une haie d'honneur macabre. On devinait facilement que tous les habitants de la ville, sans exception, hommes, femmes, enfants et animaux, avaient été pétrifiés.

En entendant le récit des éclaireurs qui, à leur retour, claquaient des dents et tremblaient de tous leurs membres, l'armée entière perdit instantanément son enthousiasme et sa confiance. Les soldats avaient quelque part devant eux des ennemis puissants capables de prodiges impressionnants. Après s'être consultés, Amos et Junos décidèrent que le jour était trop avancé pour que l'armée continue sa route. On installa un campement de fortune pour y passer la nuit et l'on désigna des hommes qui monteraient la garde toute la nuit.

Junos essaya, en vain, de remonter le moral de ses hommes. La plupart d'entre eux n'avaient que très peu d'expérience des batailles et se sentaient impuissants devant un pareil danger. Le barde ne chantait plus et suppliait maintenant le seigneur de le laisser rentrer chez lui. Alors que le soleil disparaissait à l'horizon, Amos et Junos, assis autour du feu de camp, discutaient d'une stratégie pour reconquérir Bratel-la-Grande. Un garde vint les interrompre :

— Il y a une fille très étrange qui désire vous parler, maître Daragon. Dois-je l'amener ou la renvoyer ?

Intrigué, Amos voulut recevoir cette visiteuse inattendue. C'est entourée d'une escorte de quatre chevaliers que celle-ci lui fut présentée. Elle portait une cape avec un large capuchon qui lui cachait complètement les yeux. Amos s'aperçut avec consternation que de petits serpents dorés se tortillaient dans l'ouverture de sa coiffure. À quelques pas de lui, les mangoustes commencèrent à s'agiter dans leur cage. Avant même que la fille se rende compte qu'on l'avait conduite jusqu'à Amos, celui-ci se retourna brusquement vers Junos.

— C'est une gorgone !

Le seigneur se mit aussitôt à crier à pleins poumons :

— GARDES ! LEVEZ LES BOUCLIERS-MIROIRS ! UNE GORGONE S'EST INTRODUITE DANS LE CAMP !

En quelques secondes, la fille fut entourée de miroirs et se jeta au sol, face contre terre, en tremblant de tout son être.

— S'il vous plaît, implora-t-elle, ne me faites pas de mal ! Mon nom est Médousa, je suis seule et je suis venue ici en amie ! Ne me faites pas de mal, je vous en prie ! Dites à Amos Daragon que je suis venue pour l'aider et que je connais son ami Béorf ! S'il vous plaît… s'il vous plaît… Je vous assure, je ne suis pas méchante…

La jeune gorgone semblait sincère mais, par mesure de précaution, Amos demanda qu'on lui bande les yeux et qu'on lui attache solidement les mains derrière le dos. Deux des chevaliers qui avaient escorté la visiteuse s'exécutèrent prudemment. On la plaça ensuite près du feu de camp afin qu'elle soit en pleine lumière. Une vingtaine de soldats, leur bouclier dirigé vers elle, encerclèrent Médousa. Ainsi, la gorgone ne pouvait fuir sans se retrouver devant son propre reflet.

Encore surpris de l'avoir entendue prononcer le nom de son ami Béorf, Amos s'approcha d'elle.

— Je suis Amos Daragon. Tu voulais me parler, eh bien, vas-y, je t'écoute.

— Oui, répondit-elle. Voilà. Je connais Béorf. C'est même moi qui l'ai pétrifié. Ne me juge pas maintenant, laisse-moi te raconter mon histoire et tu comprendras mieux les circonstances qui ont entouré ce malheur.

Assommé par cette nouvelle, Amos tomba assis par terre. Il n'aurait jamais dû partir pour le bois de Tarkasis sans son ami. C'était sa faute si Béorf avait été transformé en statue de pierre. Il l'avait laissé affronter seul un terrible danger, et le pauvre payait maintenant trop cher le prix de cette séparation. L'espace d'un instant, Amos eut envie d'ordonner aux chevaliers de tuer sur-le-champ la jeune gorgone. Mais il se ravisa.

— Continue, lui dit-il en retenant ses larmes. Je t'écoute.

— Le sorcier que tu te prépares à combattre s'appelle Karmakas. Il appartient, tout comme ton ami Béorf, à la race des hommanimaux. Il a la faculté de se métamorphoser en serpent et, grâce à sa puissante magie, peut contrôler tout ce qui s'apparente à cette bête. C'est le cas des cheveux des gorgones qui, à cause de cela, sont obligées de le servir comme des esclaves.

Sache que c'est Karmakas qui m'a envoyée ici pour te séduire avant de te changer en statue de pierre. C'est dans un piège semblable qu'est tombé ton ami. Après avoir été capturé par Karmakas, Béorf refusait de lui dire à quel endroit il avait caché le pendentif. Alors, j'ai été chargée de le libérer afin de gagner sa confiance. Ceci accompli, je devais lui soutirer son secret. Je l'ai donc libéré et nous sommes partis ensemble nous réfugier dans une grotte que ses parents utilisaient autrefois pour entreposer de la nourriture. Durant plusieurs jours, nous avons appris à nous connaître. Je dois même dire qu'il est très vite tombé amoureux de moi. Je restais prudente, car je savais que Karmakas, pour savoir où était caché le pendentif, écoutait chacune de nos conversations et attendait le bon moment pour frapper. Quand Béorf, tout confiant, m'a enfin révélé son secret, le sorcier est sorti de l'ombre et, en menaçant de me tuer, il l'a obligé à aller chercher le pendentif pour le lui remettre. Béorf a obéi et quand il est revenu, j'ai dû le transformer en statue de pierre. Ce n'est qu'après que j'ai senti à quel point il me manquait. Je n'arrêtais pas de penser à lui. Depuis, je retourne tous les jours à la grotte pour revoir son corps figé et je sais maintenant ce que peut représenter l'amitié... et peut-être même l'amour. Ce genre de sentiments n'existe pas normalement chez les gorgones. Alors, cela a été pour moi une grande révélation. Je regrette mon geste et je suis venue jusqu'ici afin de me racheter. Je suis prête à trahir Karmakas et à te livrer des secrets que tu pourras utiliser ensuite contre ses pouvoirs.

Amos était touché par le récit de Médousa. Il garda le silence un moment puis soupira :

— Cela ne ramènera pas mon ami.

— Tu sais, il m'a beaucoup parlé de toi, répondit la jeune gorgone. Je sais que tu ne te décourages pas facilement et je connais un moyen de le ramener à la vie. Gagne cette bataille, reconquiers la ville et je te rendrai ton ami tel que tu l'as connu.

— Comment pourrais-je avoir confiance en toi après ce que tu viens de me raconter ? demanda Amos. Qui me dit qu'il ne s'agit pas d'une ruse pour servir ce Karmakas ?

— Laisse-moi finir de parler et tu pourras ensuite juger de ma loyauté envers toi. Je connais les plans du sorcier et je sais qu'il vous attaquera bientôt. Dès que vous emprunterez la route pour vous rendre à Bratel-la-Grande, même si vous vous cachez, il sentira votre présence et enverra contre vous des hordes de vipères extrêmement venimeuses. Je connais ces bêtes et je peux te dire qu'une seule de leurs morsures plonge la victime dans un coma profond. Ensuite, le poison se rend lentement au cœur et bloque toutes les artères. C'est une mort assurée pour quiconque se fait mordre. Je sais aussi que Karmakas possède un basilic. Je ne peux pas te dire ce qu'est un basilic, je l'ai juste entendu en parler, il y a quelques jours.

— Donc, j'avais raison, dit Amos en fronçant les sourcils. Le pendentif devait effectivement contenir un œuf de coq. Moi, je connais les pouvoirs de cette sale bête.

— Tant mieux, car Karmakas n'hésitera pas à l'utiliser contre vous. Ce n'est pas tout. À l'intérieur des murs de la ville, une armée de gorgones attend impatiemment de se dégourdir les jambes en se battant. Les deux cents guerrières de Karmakas s'ennuient et se chamaillent sans cesse entre elles pour se distraire. Elles ont vidé les dépôts d'armes des chevaliers et disposent maintenant d'épées, d'arcs, de lances et de massues. Toi et tes hommes semblez connaître le secret pour tuer les gorgones. Je m'en suis rendu compte dès que j'ai entendu l'un des vôtres donner l'ordre de lever les miroirs... Sache que c'est aussi l'unique façon de redonner vie aux habitants de la ville. Toute victime ayant été métamorphosée en statue de pierre se voit immédiatement libérée de sa malédiction lorsque la gorgone qui l'a pétrifiée meurt en voyant le reflet de son image. Tu sais, je regrette que...

Amos l'interrompit :

— Si je comprends bien, la seule et unique façon de libérer Béorf de ta malédiction serait que tu te regardes dans un miroir ?

L'air grave, Médousa répondit :

— Je sais comment libérer Béorf, fais-moi confiance. Laisse-moi racheter ma faute en t'aidant et je te promets de te rendre ton ami. Considère-moi comme une alliée, mon aide te sera précieuse. J'ai quelques bonnes idées pour piéger le sorcier. Avec mes informations et tes ruses, nous donnerons du fil à retordre à Karmakas.

XVII

La bataille

C'est tout juste avant le lever du soleil que l'armée des chevaliers de l'équilibre, dirigée par le seigneur Junos, arriva devant Bratel-la-Grande. La nuit avait été courte pour les hommes de Berrion. De lourds nuages cachaient le ciel. La lumière blême de cette aurore naissante ternissait le paysage autour de la capitale. Le ciel, comme la terre, était gris. L'atmosphère sinistre de ces lieux emplissait d'inquiétude le cœur des chevaliers. Même Junos avait changé de tête et avait perdu sa contagieuse bonne humeur.

En haut de la plus grande tour du château, Karmakas exultait en regardant l'armée de Berrion prendre position dans les champs. Le sorcier caressait avec tendresse la tête de son basilic. Il le déposa dans une cage en or placée à ses pieds et lui dit affectueusement :

— Patience, mon petit, sssssss, mon petit trésor. Ce sera bientôt à, sssssss, à toi d'agir.

Le sorcier leva les bras. Il se concentra et répéta, plusieurs fois de suite, une formule magique en langue ancienne. Les chevaliers, dans la plaine, purent voir un nuage noir se former au-dessus de la ville. Junos cria à ses hommes :

— Demeurez bien en selle et préparez-vous à fuir rapidement. Si Amos ne s'est pas trompé, nous gagnerons facilement cette première manche !

Karmakas continuait ses incantations. Un puissant vent se leva sur Bratel-la-Grande et poussa lentement le nuage vers l'armée. Soudain, à mi-chemin entre les murailles de la cité et l'endroit où se trouvaient les hommes de Berrion, le nuage éclata dans un coup de tonnerre assourdissant. Des centaines d'aspics et de cobras tombèrent du ciel comme une pluie de bouts de corde grouillants et visqueux. Les chevaux ruèrent et plusieurs chevaliers faillirent déguerpir aussitôt. Junos hurla en galopant devant ses hommes :

— RESTEZ EN POSITION ! RESTEZ EN POSITION !

Dès qu'ils atteignirent le sol, les serpents se mirent à ramper vers l'armée, toujours immobile. Leurs mouvements dans l'herbe haute des champs faisaient penser à une vague de l'océan arrivant précipitamment sur la plage.

— PRÉPAREZ LES CAGES ! ordonna le seigneur Junos.

Tous les chevaliers posèrent leur main sur la porte des cages qui contenaient les mangoustes affamées. Les serpents avançaient rapidement et ils étaient maintenant à quelques mètres à peine des premiers chevaux. Karmakas, du haut de son perchoir, regardait la scène avec délectation. Il se frottait les mains en ricanant, certain que ses serpents allaient anéantir en un rien de temps ces prétentieux humains. Au moment propice, Junos cria :

— LIBÉREZ LES MANGOUSTES !

Les portes de quatre cents cages, renfermant une ou deux mangoustes chacune, s'ouvrirent en même temps. Sept cent soixante-dix-sept petits mammifères qui n'avaient presque rien mangé depuis plusieurs jours bondirent alors sur les reptiles. Les chevaliers détalèrent au grand galop. Les mangoustes, plus agiles que les serpents, sautaient en l'air, évitaient les crochets de leurs adversaires et leur infligeaient des blessures mortelles à chacune de leurs attaques. Leurs pattes, rapides comme l'éclair, immobilisaient les cobras contre le sol pendant que leur gueule, armée de puissantes dents, leur broyait la tête. Les mammifères attrapaient les aspics par la queue et les faisaient tourner dans les airs. Étourdis, les petits serpents perdaient leurs réflexes et se voyaient ensuite cloués au sol et tués d'un coup de dents. Les reptiles, pourtant beaucoup plus nombreux, étaient complètement débordés. Il n'y avait aucun endroit où fuir, aucune cachette en vue.

La bataille dura à peine dix minutes. Une vingtaine de mangoustes y perdirent la vie. Autour des survivantes, des milliers de serpents gisaient, sans vie, dans l'herbe. Le festin des mangoustes débuta sous le regard stupéfait de Karmakas.

Le sorcier bouillait de rage. Il sautait sur place, hurlait des insultes en langue nagas et se frappait la tête d'incrédulité. Comment cette armée avait-elle pu savoir qu'il ferait pleuvoir sur elle un nuage de serpents ? Karmakas avait souvent utilisé ce tour de magie, et rares étaient ceux qui y avaient survécu ! En voyant les hommes de Berrion, indemnes, reprendre leur position dans les champs, il sourit en serrant les dents.

— C'est maintenant, sssssss, maintenant votre, sssssss, VOTRE FIN ! cria-t-il.

Karmakas ouvrit la cage du basilic, prit l'affreuse créature dans ses mains et lui chuchota fermement :

— Va me réduire en, sssssss, en bouillie cette bande de, sssssss, de bouffons !

Amos et Médousa s'étaient cachés dans l'herbe haute, non loin des murs de Bratel-la-Grande. De cet endroit stratégique, le porteur de masques pouvait parfaitement voir, à l'aide d'une lunette d'approche, la grande porte de la ville. Content de ce qu'avaient accompli les mangoustes, il attendait avec confiance la suite des événements. Son coq sur les genoux, il était prêt à passer à la seconde étape, convaincu que Karmakas, furieux, n'allait pas tarder à lâcher son basilic.

Ainsi placé aux premières loges, Amos pouvait juger de la situation et faire parvenir ses ordres à Junos en lui envoyant une sphère de vent. Soudain, il vit la porte de la ville s'entrouvrir. Le basilic, de la taille d'une grosse poule, sortit de la cité. Il correspondait en tous points à la description que le jeune garçon en avait lue dans son livre. Son corps rappelait celui d'un serpent. Il avait une crête de coq et un bec de vautour. Il marchait sur deux maigres pattes d'oiseau sans plumes ressemblant à celles des poulets. Le basilic déploya ses ailes. À ce moment, Amos et Médousa se bouchèrent les oreilles avec une pâte de fougère très consistante. Le garçon prononça quelques mots que le vent apporta immédiatement à Junos. Le seigneur de Berrion cria :

— BOUCHEZ-VOUS LES OREILLES !

Sans perdre une seconde, tous les chevaliers prirent, eux aussi, de la pâte de fougère et s'en remplirent le conduit auditif. Jusque-là, tout se déroulait exactement comme prévu. Rien n'avait été laissé au hasard. Lorsque le basilic prit son envol, Amos vit son bec s'ouvrir. Il comprit aussitôt que la bête était en train de lancer son cri paralysant. Médousa attrapa promptement la lunette d'approche, puis confirma à Amos, d'un signe de tête, que les soldats ne semblaient pas en avoir souffert. Seuls les chevaux demeuraient immobiles.

Amos se concentra pour créer dans sa main droite une sphère de communication. Puis il leva l'autre main et fit souffler le vent face au basilic. Celui-ci battait des ailes de toutes ses forces pour atteindre les chevaliers. Le vent était cependant trop fort, et le basilic faisait pratiquement du sur-place. Amos devait garder sa concentration et continuer à diriger le vent. Il s'était beaucoup entraîné à Berrion avant de partir, mais cet exercice drainait rapidement toute son énergie. L'attention intense lui causait d'horribles migraines.

Le basilic faisait toujours de gros efforts pour avancer, mais Amos lui opposait un obstacle difficile à franchir. Le porteur de masques suait à grosses gouttes. Il lui fallait attendre le bon moment, attendre que le coq se mette à chanter. Sa main droite tenant fermement la sphère de communication et la gauche levée, il sentait ses jambes faiblir. Le coq se tenait à ses côtés, insouciant. Amos perdait peu à peu son emprise sur le vent, et le basilic gagnait du terrain. Pour retarder la créature volante, Junos fit un signe du bras, et une volée de flèches partit aussitôt en direction de la bête, la forçant à faire quelques faux mouvements.

Karmakas regardait le spectacle les dents serrées, de l'écume au coin des lèvres. Il n'arrivait pas à comprendre pourquoi le vent s'était ainsi levé et comment les chevaliers pouvaient encore bouger. Une deuxième salve de flèches décolla. Le basilic fut blessé à la cuisse. Étrangement, cela sembla décupler sa force. Il utilisait toute son énergie pour combattre le vent et s'approchait de l'armée de Berrion.

Puis, enfin décidé à chanter, le coq y alla d'un cocorico bien sonore. Averti par Médousa qui s'était débouché les oreilles, Amos se retourna et enferma le chant de l'animal dans sa sphère de communication. À ce moment précis, il perdit sa concentration, et le vent tomba net. Le basilic fonça la tête la première vers les chevaliers. Son regard fit brûler les cheveux et les barbes des hommes. Pas un poil n'y échappa. La crinière et la queue des chevaux tombèrent aussi. À bout de forces, Amos réussit tout de même à lancer sa sphère en direction du basilic et cria :

— Tiens, j'ai un message pour toi !

Ce qui se passa alors fit couler deux grosses larmes de rage sur les joues de Karmakas. Le chant du coq, enfermé dans la boule d'air, atteignit la tête du basilic et s'infiltra dans ses oreilles. Seule la créature volante entendit le cri du gallinacé et elle explosa, en plein vol, à quelques mètres de Junos. Des cris victorieux s'élevèrent de l'armée des chevaliers qui, heureux, se débouchèrent les oreilles en se félicitant. Il y eut une effusion d'accolades, de poignées de main et d'embrassades. Amos eut tout juste le temps d'esquisser un sourire avant de tomber dans les pommes, épuisé par ses efforts.

À son réveil, Médousa était à ses côtés. Il avait été transporté dans un abri de fortune, et la jeune gorgone veillait sur lui. Sous son capuchon qui lui cachait toujours les yeux, elle chantonnait doucement un air de son pays.

— Que s'est-il passé ? Où suis-je ? demanda Amos.

— Te voilà enfin réveillé. Tu dors depuis deux jours ! répondit Médousa.

Amos se leva d'un bond, complètement affolé.

— DEUX JOURS ! JE DORS DEPUIS DEUX JOURS ?

— Oui, dit la gorgone. Mais ne t'inquiète pas, les chevaliers ont pris les choses en main.

— Raconte ! Raconte-moi tout ce qui s'est passé dans les moindres détails, s'il te plaît.

— Nous avons le contrôle de la situation, commença par dire Médousa. Après la mort du basilic, Karmakas a fait descendre des dizaines de pythons et de boas des murs de Bratel-la-Grande. Ils étaient énormes et très puissants. Ces serpents avaient des corps gros comme des troncs d'arbres. Les chevaliers, confiants et motivés par leurs deux premières victoires, les ont attaqués. Ça a été un dur combat, et plusieurs de nos combattants ont été blessés. Junos a été magnifique. Il criait ses ordres, donnait des coups d'épée et, à lui seul, il a terrassé une bonne douzaine de ces bêtes. C'est grâce à lui que nous avons gagné la bataille. Quelques minutes plus tard, il y a eu un léger tremblement de terre provenant du château de Bratel-la-Grande. Personne ne comprend pourquoi ni comment cette chose est arrivée.

— Mais maintenant, que se passe-t-il? demanda anxieusement Amos.

— Les chevaliers ont travaillé jour et nuit. Ils ont creusé des tranchées, fait des barricades de bois, allumé de grands feux qui brûlent d'une aurore à l'autre et ils patrouillent sans relâche autour de la ville. Leurs boucliers-miroirs sont constamment dirigés vers la cité, et aucune gorgone n'ose mettre le nez à l'extérieur des murs. Karmakas est certainement en train de concocter un plan pour lancer une autre attaque contre Junos et ses hommes. Les chevaliers sont très fatigués et plusieurs d'entre eux s'endorment pendant leur tour de garde. La ville est impossible à prendre, car ses murs sont trop hauts. Les gorgones lancent des flèches sur tout ce qui bouge dans les alentours. Tenter d'approcher la cité serait un suicide, et vouloir défoncer les grandes portes est impensable. Junos ne sait plus quoi faire. Il attendait impatiemment ton réveil pour établir une nouvelle stratégie d'attaque.

— Très bien, fit Amos. Contrairement aux chevaliers, moi, je suis bien reposé. J'ai un plan. Dis-moi où est Junos et nous terminerons cette bataille dans quelques heures.

***

Karmakas était rentré dans son laboratoire complètement abasourdi. Pour la première fois de sa vie, il avait perdu trois batailles consécutives. C'était inadmissible pour un sorcier aussi puissant que lui. Il avait honte et se sentait déshonoré. Il rageait et frappait du poing la table qui se trouvait devant lui. Aveuglé par la colère, il ne s'aperçut pas tout de suite que les murs de la pièce avaient changé de forme. Des crânes, des fémurs et des tibias humains décoraient maintenant son laboratoire. Karmakas sut, à l'instant, que Seth avait quitté son monde pour venir lui parler. Il se retourna lentement et vit, derrière lui, le trône en or. Son dieu, confortablement assis, le regardait avec mépris. Il dit en croisant les jambes :

— C'est ainsi que tu me traites ? Je t'offre un œuf de coq et, toi, petit magicien de pacotille, tu commences par te le faire voler par les stupides chevaliers de la lumière. Tu retrouves ensuite, après des années de recherche, mon précieux présent pour finalement le faire éclore et perdre lamentablement ton basilic. Comment puis-je maintenant te faire confiance et t'accorder ma grâce ?

Karmakas baissa la tête et implora le pardon de son maître :

— Je suis, sssssss, je suis désolé. J'ai sous-estimé mes, sssssss, mes adversaires. Je croyais que…

Seth interrompit son disciple en hurlant d'une voix qui fit trembler la terre :

— TU CROYAIS !… QUE LA PESTE SOIT SUR TOI, VERMINE ! GAGNE CETTE GUERRE OU JE

T'ÉCRASE D'UN COUP DE TALON, PUANT REP-
TILE! VA MAINTENANT ET MONTRE-TOI
DIGNE DE MA PUISSANCE DIVINE ET DE MA
CONFIANCE!

Tout le château vibra et les fondations craquèrent
par endroits. Les murs d'ossements se volatilisèrent et
la chapelle de Seth disparut pour laisser place au laboratoire de Karmakas. Celui-ci tomba par terre, la tête
entre les mains, tremblant d'angoisse et de colère.
Après quelques instants de déroute, le nagas bondit sur
son livre de magie et se mit à étudier quelques puissants sorts. Il demeura longtemps enfermé dans son
laboratoire.

***

Pendant qu'Amos discutait avec Junos du plan à
suivre pour reprendre la cité, Médousa s'était rendue
en secret à la grotte de Béorf. Le garçon, toujours pétrifié, faisait pitié à voir. La jeune gorgone lui caressa tendrement la tête et lui murmura à l'oreille:

— Tu seras bientôt libre, Béorf. Je sais que tu peux
m'entendre. Ton corps est en pierre, mais ton âme est
sûrement encore là, attendant et espérant la délivrance.
Je viens te voir pour la dernière fois. Tu es le premier
et le seul ami que j'aie eu dans ma vie. Plus jamais je ne
te reverrai, mais tu dois savoir que je te porterai dans
mon cœur pour l'éternité. Garde mes yeux en souvenir, tu es l'unique personne à les avoir vus. Merci de
ton amitié et de ta douceur, merci de m'avoir fait

confiance. Je me montrerai digne de toi et de la sincérité de tes sentiments. Adieu, mon ami.

Médousa embrassa Béorf sur la joue et quitta la grotte, bouleversée par cette dernière rencontre.

La gorgone revint au camp au moment où les chevaliers se préparaient à pénétrer dans la ville. La nuit tomberait bientôt et l'armée se devait d'agir rapidement. Personne n'avait remarqué son absence. Médousa vit que les hommes de Berrion ne portaient plus leur armure. Dans la plus grande discrétion, ils avaient fabriqué des pantins avec des branches, de la boue et du bois, puis les avaient dispersés devant la ville. Ces drôles d'épouvantails portaient leurs cuirasses, leurs casques et leurs bottes. De loin, ils avaient l'allure de véritables humains. Leur immobilité semblait certes un peu étrange, mais il fallait les observer longuement pour comprendre la supercherie.

Amos, à la tête des guerriers, se dirigea vers le tunnel, celui-là même qu'il avait déjà emprunté pour suivre Béorf. Cet étroit couloir passait sous l'un des murs de Bratel-la-Grande. Médousa le connaissait aussi. C'est par là qu'elle s'était enfuie tant de fois pour se rendre à la grotte du béorite pétrifié. Les chevaliers suivaient en rangs serrés, une torche prête à être allumée à la ceinture, leur épée dans une main et leur bouclier-miroir dans l'autre. Tous les pavois et les rondaches avaient été modifiés. Grâce à des lanières de cuir, les chevaliers pouvaient maintenant les porter sur le dos, un peu comme une carapace de tortue. L'armée complète réussit à passer par le tunnel sans se faire voir et à aller se cacher, en rampant, à l'intérieur des murs de la ville. Amos dit à Junos :

— Maintenant, je vais au château avec Médousa, elle me guidera vers le sorcier. Attends de mes nouvelles, je te dirai quand attaquer.

Solennellement, Junos serra la main de son ami et répliqua :

— À vos ordres, monsieur le porteur de masques ! Bonne chance, Amos ! Je pense que Crivannia serait très contente de son choix si elle te voyait mener cette bataille.

— Merci, Junos, répondit Amos en souriant. À bientôt.

Médousa pénétra dans le château avec Amos à ses côtés. Le garçon portait un sac de jute sur la tête, et ses mains étaient attachées derrière son dos. La jeune gorgone le tirait derrière elle à l'aide d'une corde. Elle faisait semblant de boiter et prenait appui sur le trident d'ivoire comme s'il s'agissait d'une canne. Elle passa facilement la garde des gorgones et se présenta devant Karmakas.

— J'ai capturé le porteur de masques, maître. Je viens ici vous le remettre en personne.

Brutalement, le sorcier demanda :

— Et pourquoi ne l'as-tu pas, sssssss, pas transformé en statue de pierre comme je te l'avais, sssssss, demandé ?

— Ses pouvoirs sont grands, père, et il résiste à ma magie, répondit-elle en baissant la tête.

Karmakas s'approcha d'Amos et tira le sac de jute. En voyant son visage, il éclata d'un rire méprisant.

— C'est lui, sssss? C'est cet enfant qui, sssss, qui me tient tête? Eh bien, sssss, viens ici et, sssss, et regarde ce qui va bientôt, sssss, bientôt arriver à ton armée!

Médousa resta à l'écart pendant que Karmakas poussait Amos sur un balcon, en haut de la plus grande tour du château.

— Contemple ma puissance et, sssss, et regarde tes hommes, sssss, mourir!

Le sorcier leva les bras et prononça une formule magique. Des champs environnants, tout autour de la ville, jaillit une épaisse fumée jaune et verte. Sur une demi-lieue à la ronde, le nuage opaque recouvrit les terres et une petite partie de la forêt. Fier de lui, Karmakas dit d'un air satisfait:

— Quiconque respire cet, sssss, cet air meurt immédiatement empoisonné, sssss. Tes chevaliers ne, sssss, ne résisteront pas longtemps.

— Mes hommes sont indestructibles, Karmakas, répondit calmement Amos. Regarde bien, ils sont encore debout!

Le porteur de masques se concentra et, par sa seule volonté, fit se lever le vent. La brise poussa lentement l'épais nuage, et le sorcier aperçut, au loin, tous les chevaliers encore debout. Ceux-ci n'avaient pas bougé d'un poil. Le poison n'avait pas eu le moindre effet sur eux.

— Qui es-tu, sssss, jeune humain? Qui t'envoie et, sssss, et comment fais-tu pour contrer si facilement les effets de, sssss, de ma magie? demanda le sorcier en faisant de gros efforts pour garder son calme.

— Je suis Amos Daragon, ton pire cauchemar ! répondit-il en souriant férocement.

— Très bien, sssssss, nous allons voir, sssssss, maintenant ce que tes chevaliers peuvent faire contre, sssssss, contre ça !

Karmakas demanda à Médousa de surveiller le prisonnier, puis sortit de la pièce. Il ordonna ensuite à l'armée de gorgones de se rassembler en face des grandes portes. Amos créa une sphère de communication et envoya immédiatement un message à Junos.

— Je pense qu'ils préparent une attaque, agissez en conséquence.

Junos vit, dans les ombres grises du coucher de soleil, qu'effectivement les gorgones se regroupaient devant les portes de la ville. À son commandement, les chevaliers avancèrent sans faire de bruit. Du mieux qu'ils purent, ils formèrent, au travers des maisons en ruine et des rues pleines de gravats, un demi-cercle autour des créatures. Aucune ne devait leur échapper. Les hommes de Berrion étaient fatigués et tendus, mais ils savaient que, s'ils remportaient cette dernière bataille, ils pourraient ensuite dormir et rentrer chez eux.

Karmakas se fraya un passage au milieu de ses gorgones et dit :

— Maintenant, sssssss, vous allez m'exterminer cette, sssssss, cette misérable armée ! Ouvrez-la, sssssss, la herse !

Avant que quiconque n'ait eu le temps d'actionner le mécanisme d'ouverture de la herse, Junos cria à ses hommes :

— LES TORCHES !

Près de quatre cents torches s'allumèrent presque en même temps. Les gorgones poussèrent un cri de surprise et Karmakas leur ordonna d'attaquer immédiatement les intrus. Les chevaliers avancèrent vers les guerrières en marchant à reculons. Leur bouclier-miroir fixé sur le dos, ils levèrent de la main droite leur torche pour faire de la lumière. Les hommes de Berrion guidaient leurs pas, en reculant, à l'aide d'un petit miroir qu'ils tenaient dans la main gauche.

Des dizaines de gorgones aperçurent en même temps leur reflet. Dans d'effroyables cris de douleur, elles se déchirèrent de l'intérieur et tombèrent en poussières. Les femmes aux cheveux-serpents étaient entourées de miroirs. Pour s'enfuir, elles ouvrirent la herse. Une cinquantaine de chevaliers les attendaient de l'autre côté et formaient un mur de boucliers réfléchissants. Ce coup final en foudroya encore un bon nombre. Autour du sorcier, les gorgones tombaient les unes après les autres. Les chevaliers refermaient de plus en plus le cercle, et toutes créatures cherchant une issue étaient condamnées à mort. Karmakas se transforma en un immense et gigantesque serpent à sonnette et réussit à s'échapper. Le sorcier se dirigea rapidement vers la tour du château. Furieux, il répétait sans cesse : « Je vais te tuer, sale porteur de masques, je vais te tuer ! » Dans le combat, seul Junos n'avait pas trouvé son miroir de poche pour guider ses pas.

Du haut de la tour, Amos et Médousa assistaient à la déconfiture des gorgones.

— Merci, Médousa, dit Amos. C'est grâce à toi que des centaines de vies humaines seront sauvées et que cette ville pourra renaître.

— Je dois maintenant te dire une chose importante, Amos, répondit-elle. Il n'y a qu'une façon de ramener notre ami à la vie. Cette méthode, tu la connais aussi bien que moi. Ne bouge pas et écoute ce que j'ai à te dire.

La jeune gorgone s'éloigna d'Amos. Ses mains tremblaient et ses jambes semblaient avoir du mal à la porter.

— Je sais ce que tu vas me dire, Médousa, et jamais je ne t'obligerai à regarder ton reflet. Il y a sûrement une autre façon de ramener Béorf à la vie. Ensemble, nous la trouverons.

— Je sais ce que je dis, Amos. Je sais aussi que jamais tu ne me forceras à faire quelque chose qui me déplaise. Jamais tu ne me sacrifieras pour sauver ton ami. Au cours de ces quelques journées passées ensemble, nous nous sommes attachés l'un à l'autre. Toi, moi et Béorf, nous pourrions faire une équipe imbattable. Seulement voilà, j'ai compris au fil du temps que l'amitié véritable implique parfois le sacrifice de soi pour l'autre. C'est ce que Béorf m'a appris en regardant mes yeux. Il aurait très bien pu me donner un coup de patte et me tuer avec ses puissantes griffes. Il ne l'a pas fait par amitié pour moi. Même après ma trahison, il est resté fidèle à lui-même, fidèle à ses sentiments pour moi. J'ai connu, avec vous deux, l'amitié. C'est ce qu'il y a de plus beau chez les humains et c'est maintenant à mon tour de faire preuve d'humanité. Tu diras à Béorf que je l'emporte avec moi dans la mort.

Médousa sortit alors d'un petit sac le miroir de poche de Junos. Amos bondit en avant pour arrêter la jeune gorgone. Trop tard. Elle s'était déjà regardée. Avant de tomber en poussières, Médousa eut le temps de murmurer :

— C'est vrai, Béorf, j'ai vraiment de beaux yeux !

À ce moment, Karmakas apparut dans l'entrebâillement de la porte et se jeta sur Amos. Instinctivement, celui-ci saisit son trident et évita de justesse les dents du gigantesque serpent à sonnette. Une deuxième attaque de la bête le fit tomber par terre. Il roula sur le côté, se dégagea du sorcier et dit à son trident :

— Si tu sais faire quelque chose d'extraordinaire, c'est le moment de me le montrer !

Amos lança de toutes ses forces son arme en direction du serpent. Le trident pénétra légèrement dans le corps de son ennemi. Karmakas, protégé par une couche d'écailles qui formaient une solide armure, se moqua du jeune garçon :

— Tu penses me, sssss, me combattre avec, sssss, avec ceci ? Je vais t'avaler tout, sssss, TOUT ROND !

Comme il se ruait sur Amos, le sorcier fut pris d'un soudain étourdissement. Le trident, toujours planté dans sa chair, luisait maintenant d'une lumière bleu pâle. Karmakas régurgita de l'eau salée. Amos vit alors quelque chose de fantastique se produire. Le trident s'enfonça lentement dans le corps du serpent. Le plancher de la salle devint liquide, et les murs se mirent à suinter. Des trombes d'eau coulaient du plafond en cascades vigoureuses. Deux sirènes émergèrent du parquet et s'emparèrent de Karmakas. Elles l'enveloppèrent d'un filet d'algues sans s'occuper d'Amos qui, debout sur l'eau, regardait la scène sans rien y comprendre. Elles entraînèrent le grand serpent dans le plancher et disparurent aussi vite qu'elles étaient apparues. L'eau s'écoula alors comme dans un drain. En un battement de paupière, la salle avait repris son aspect habituel. Seul un miroir de poche cassé gisait sur le parquet.

XVIII

BARTHÉLÉMY, SEIGNEUR DE BRATEL-LA-GRANDE

Béorf ouvrit les yeux avec la nette impression d'avoir dormi pendant des années. Il s'assit par terre pour retrouver ses esprits. Son estomac criait famine. En mangeant des noix, il tenta de se rappeler ce qui s'était passé avant qu'il ne soit changé en pierre. Pour l'instant, il n'avait en tête que la jeune gorgone. Il avait rêvé de Médousa qui lui caressait le visage. Plusieurs fois, sa douce voix avait bercé ses songes. Béorf avait complètement perdu la notion du temps. Puis l'image de Karmakas s'imposa à son esprit. Il y avait aussi son ami Amos qui était parti pour une quelconque raison. Tout se bousculait dans sa tête dans un tourbillon de souvenirs. Il décida de sortir de la grotte et se mit à marcher sans but précis dans la forêt.

***

Tous les habitants de Bratel-la-Grande, les chevaliers de la lumière comme les paysans et les commerçants, quittèrent le bord de la route où ils étaient exposés et se mirent instinctivement à marcher en direction de la cité. Ils furent chaleureusement accueillis, aux portes de la ville, par les hommes de Berrion. Toutes les gorgones avaient été réduites en poussières, et la malédiction n'était plus maintenant qu'un mauvais souvenir.

Un grand rassemblement eut lieu au centre de la ville saccagée. Junos, debout sur une estrade de fortune, prit la parole :

— Habitants de Bratel-la-Grande ! Moi, Junos, seigneur des chevaliers de l'équilibre et maître des terres de Berrion, déclare cette cité libre ! Nous avons combattu le mal et nous vous avons délivrés de la puissance des gorgones. Je vous offre maintenant de reconstruire cette ville avec vous, dans l'harmonie et le respect de tous.

Dans la foule, un homme cria :

— Allez-vous-en ! Il n'y a qu'un maître ici et c'est moi !

Yaune-le-Purificateur s'avança vers l'estrade.

— Personne ne dira aux chevaliers de la lumière quoi faire et comment le faire. Partez maintenant et laissez-nous rebâtir notre ville comme nous l'entendons.

Une rumeur s'éleva de la foule. Junos leva la main pour rétablir le silence.

— Vous devez savoir, citoyens de Bratel-la-Grande, que c'est à cause de votre ancien seigneur que vous avez tous failli perdre la vie dans cette aventure ! Yaune-le-Purificateur savait très bien qu'un puissant sorcier le recherchait. Il vous a caché la vérité, et ce mensonge a presque causé votre perte. Un véritable chevalier ne ment jamais et cet homme vous a menti pendant trop d'années. Je me dois donc aujourd'hui de dire clairement les choses pour que vous ayez tous une idée juste de mes intentions. Je désire ardemment annexer le territoire de Bratel-la-Grande à celui de Berrion. Nous créerons ensemble un vaste royaume…

— Taisez-vous et partez immédiatement, hurla Yaune en tirant son épée. Je ne supporterai pas davantage un tel affront !

Barthélémy s'avança à son tour et déclara :

— Yaune, ne devrions-nous pas écouter ce que cet homme a à nous proposer ? Nous lui devons la vie et, sans son courage, cette cité serait encore aux mains de nos ennemis. Par respect pour les exploits de ses hommes et par reconnaissance envers eux, je suis prêt à lui prêter allégeance. Il n'y a pas de mal à servir plus fort que soi. Lorsqu'un seigneur est juste et bon, un chevalier doit se soumettre et reconnaître la valeur de celui qui demande une alliance.

— TRAÎTRE ! vociféra Yaune. Tu parles comme ton père ! Puisqu'aujourd'hui nous mettons cartes sur table, je t'avouerai que c'est moi qui l'ai tué de ma propre épée. Nous étions ensemble lorsque le pendentif est tombé entre mes mains. Ton père a insisté pour que nous le détruisions immédiatement. J'ai refusé. Je voulais garder ce trophée pour moi. Il m'a provoqué en duel et j'ai fait couler son sang. Maintenant, j'ordonne que tu sois brûlé vif pour trahison envers ton seigneur. Chevaliers de la lumière, emparez-vous de lui immédiatement !

Les chevaliers, déconcertés, se regardèrent. L'un d'eux lança :

— Nous avons brûlé assez d'innocents ! Je me range derrière Barthélémy ! Que sa punition soit aussi la mienne, car je suis las d'obéir à Yaune-le-Purificateur.

Un autre chevalier de la lumière s'approcha de Barthélémy, lui posa la main sur l'épaule et dit :

— Je connais cet homme depuis ma tendre enfance et je crois qu'il est taillé pour devenir notre nouveau seigneur ! Je suis aussi en faveur d'une alliance avec nos sauveurs, nos amis de Berrion.

La foule applaudit à tout rompre et tous les chevaliers de la lumière se placèrent derrière leur nouveau maître, Barthélémy. Puis Junos demanda de nouveau le silence.

— Bratel-la-Grande vient de se choisir un nouveau souverain ! Barthélémy, monte à mes côtés sur l'estrade et reçois les acclamations de ton peuple ! En ce jour, je t'assure l'amitié et la loyauté de Berrion. Pour faciliter nos échanges, nous ferons construire une vraie route entre nos deux royaumes. Nous travaillerons ensemble à la prospérité et au bien-être de nos gens.

Yaune, dans un mouvement de rage, leva son épée pour frapper Barthélémy. Il fut rapidement immobilisé par la garde de Junos. Barthélémy intervint :

— Laissez-le ! Pour avoir tué mon père, Yaune, je te condamne à l'exil. Le mot *meurtrier* sera tatoué sur ton front afin que tous puissent savoir, en te voyant, quel genre d'homme tu es. Je te démets également de tes fonctions de chevalier. Jamais plus personne, dans ce royaume, ne sera brûlé et nous reconstruirons cette cité sur de nouvelles bases.

***

Pendant ce temps, Amos cherchait son ami Béorf dans la foule. Ne le trouvant pas, il décida de sortir de la ville. Par bonheur, la pleine lune lui permettait de distinguer clairement ce qui l'entourait. Tandis qu'il marchait dans la plaine, Amos fut soulagé de voir enfin apparaître Béorf à la lisière de la forêt. Il courut vers lui en l'appelant. Les deux amis, fous de joie de se retrouver, se jetèrent dans les bras l'un de l'autre.

— Amos, mon ami! s'exclama Béorf. Comme je suis heureux de te revoir! Je suis à la recherche de Médousa, ma nouvelle amie. Je voudrais tant te la présenter, mais elle a disparu. Pourtant, elle était avec moi... C'est le sorcier qui...

— Béorf, je sais que nous avons beaucoup de choses à nous dire, l'interrompit Amos. Asseyons-nous ensemble et laisse-moi te raconter la plus belle histoire d'amitié que je connaisse.

Amos rapporta alors à Béorf les confidences de Médousa. Il lui avoua aussi qu'elle s'était sacrifiée pour lui. Béorf ne put retenir ses larmes.

— Je ne la reverrai plus jamais, n'est-ce pas, Amos?

— C'est cela, Béorf.

Un lourd silence tomba.

— Elle était si gentille et si belle, murmura Béorf au bout d'un moment. Je l'aimais. J'ai passé avec elle les plus beaux moments de ma vie. Ses yeux... Tu aurais dû voir ses yeux...

— Je t'avoue que j'ai fait de mon mieux pour éviter de les voir... Allez ! viens, mon ami. Retournons en ville, nous avons besoin de distractions.

En chemin, Béorf se rappela que, la dernière fois qu'il avait vu Amos, celui-ci partait pour le bois de Tarkasis.

— Dis-moi, Amos, sais-tu maintenant ce qu'est un porteur de masques ?

— Oh ! que oui ! Regarde bien.

Le jeune garçon se concentra, tendit son bras et le leva doucement. Une légère brise vint entourer les deux amis.

***

Marqué d'une inscription indélébile sur le front, Yaune-le-Purificateur fut enfermé dans une cage de bois que l'on porta jusqu'aux limites du royaume. Une fois libéré, l'ancien seigneur de Bratel-la-Grande prit la route comme un mendiant. À cause de son tatouage qui le trahissait, il fut chassé de tous les villages qu'il traversa.

Une nuit, alors qu'il pénétrait sans le savoir dans le royaume d'Omain, propriété du seigneur Édonf, Yaune vit une petite chapelle. Il y entra, croyant avoir trouvé un endroit pour se reposer. Un frisson parcourut son dos lorsqu'il constata que les murs et les poutres de l'édifice étaient constitués d'ossements humains. Devant lui, sur un trône en or, était assise une créature à tête de serpent. Sa peau était rouge clair et ses mains ressemblaient à de puissantes pattes d'aigle.

— Qui es-tu et que fais-tu ici ? demanda bravement Yaune.

— Je m'appelle Seth et j'ai une proposition à te faire. Je t'offre cette épée, noble chevalier. Elle déchire les armures et empoisonne tous ceux qu'elle touche. Un seigneur comme toi ne peut pas vivre sans royaume. Sers-moi et je t'offrirai pouvoir et richesse. Tu vas conquérir, pour ma gloire, les terres d'Omain et tuer le seigneur Édonf.

— Et si je refuse ? demanda Yaune d'un air provocateur.

— Eh bien, si tu n'acceptes pas mon offre, tu retournes à ta minable vie de mendiant et tu meurs pauvre, affamé et oublié. Conquiers le royaume d'Omain et je t'offre ensuite une revanche sur Barthélémy et Junos. Tu récupéreras tes anciennes terres en plus de celles de Berrion. Ma proposition t'intéresse ?

Yaune sourit de toutes ses dents, tendit la main et répondit :

— Donne-moi cette épée, Seth, j'ai beaucoup de travail devant moi !

Lexique mythologique

Les dieux

Dame blanche (la) :Elle est un personnage de contes et de légendes que l'on retrouve dans beaucoup de cultures. La Dame blanche aide les humains à accomplir leur destin.

Seth : Dans la mythologie égyptienne, il est le dieu de l'Obscurité et du Mal. Les Égyptiens l'associaient au désert et le représentaient souvent sous la forme d'une créature imaginaire ou d'un homme à tête de monstre. Il est aussi associé au crocodile, à l'hippopotame et aux animaux du désert.

Les créatures de légende

Basilic : En Europe, au Proche-Orient et dans les pays du nord de l'Afrique, on tenait le basilic pour une des plus abominables créatures du monde. Étant donné que tous ceux qui ont eu la malchance de voir un basilic ont péri, sa véritable apparence est matière à controverses. En 1553, dans *Cosmographia Universalis*, le scientifique Munster attribuait au basilic huit jambes et pas la moindre aile. Au grand palais de Bangkok, en Thaïlande, on peut voir une statue qui représente fidèlement un basilic, selon la description qu'en ont faite des voyageurs revenus d'Occident.

FÉE : Les fées existent dans de nombreuses cultures, surtout européennes. Selon les pays, elles sont de tailles diverses. Les légendes nous disent que chaque fée appartient à une fleur. Ces créatures protègent la nature, et le temps ne semble pas avoir d'effet sur elles.

GORGONE : Les gorgones sont des créatures de la mythologie grecque. Dans les légendes, elles habitent les régions sèches et montagneuses de la Libye. À l'origine, elles étaient trois sœurs : Sthéno, Euryalé et Méduse. Seule Méduse, la plus célèbre des gorgones, était mortelle. Persée lui a coupé la tête.

HOMMANIMAL : Les hommanimaux sont présents dans toutes les cultures de tous les pays. Le loup-garou est la plus célèbre de ces créatures. Parfois gentils et parfois menaçants, les hommanimaux se divisent en races et en espèces. La pleine lune joue souvent un rôle important dans la transformation d'un homme en animal.

NAGAS : Les nagas sont des hommanimaux capables de se métamorphoser en serpents. Ceux qui habitent le désert s'appellent des lamies, alors que les nagas sont davantage liés aux milieux aquatiques. Ils peuvent atteindre une longueur de quatre mètres soixante sous leur forme reptilienne et vivent près de quatre cents ans. On les trouve dans le Sahara, en Inde et en Asie du Sud.

Merrien : En Irlande, les habitants des mers se nomment les merriens. Ils se distinguent facilement des autres créatures aquatiques à cause du bonnet rouge à plumes qu'ils portent toujours sur la tête. Ce chapeau magique les aide à atteindre leurs demeures dans les profondeurs océaniques. Les femelles sont très belles et leur apparition est perçue comme le présage d'une tempête. Les merriens viennent parfois sur la terre sous forme de petits animaux sans cornes.

Sirène : Les origines de ces créatures des mers demeurent obscures. Elles sont présentes depuis l'Antiquité dans les contes et les légendes de nombreuses cultures. Ce sont généralement de très belles femmes à queue de poisson qui charment les marins et font s'échouer leurs bateaux sur des écueils.

Du même auteur :

Antarctique solo, roman, Perro Éditeur, 2015.

Moby Dick, pièce de théâtre, Perro Éditeur, 2015.

Marmotte, roman, Perro Éditeur, 2014 [2012,1998, 2001, 2008].

Fortia Nominat Louis Cyr, théâtre, Perro Éditeur, 2013 [2008,1997].

Créatures fantastiques du Québec, L'intégrale, contes et légendes, Perro Éditeur, 2013 [2009].

Créatures fantastiques, Le Diable au Québec, contes et légendes, Perro Éditeur, 2014.

Mon frère de la planète des fruits, Les Intouchables, 2008 [2001].

Pourquoi j'ai tué mon père, Les Intouchables, 2008 [2002].

En mer, roman, éditions de la Bagnole, 2007.

Horresco referens, théâtre, Édition des Glanures, 1995.

Contes Cornus, légendes fourchues, théâtre, Édition des Glanures, 1997.

Dans la série *Amos Daragon* :

Porteur de masques, La clé de Braha, Le crépuscule des dieux, roman, Perro Éditeur, 2012 [2003].

La malédiction de Freyja, La tour d'El-Bab, La colère d'Enki, roman, Perro Éditeur, 2012 [2003-2004].

Voyage aux enfers, La cité de Pégase, La toison d'or, roman, Perro Éditeur, 2013 [2004-2005].

La grande croisade, Le masque de l'éther, La fin des dieux, roman 2013 [2005-2006].

Le Sanctuaire des Braves I, roman, Perro Éditeur, 2011.

Le Sanctuaire des Braves II, roman, Perro Éditeur, 2012.

Le Sanctuaire des Braves III, roman, Perro Éditeur, 2012.
Porteur de masques, bande dessinée, Perro Éditeur, 2016.
Les Chroniques d'Amos Daragon, nouvelles, Perro Éditeur, 2017.

Dans la série *Wariwulf*:
Le premier des Râjâ, roman, Perro Éditeur, 2014 [2008].
Les enfants de Börte Tchinö, roman, Perro Éditeur, 2014 [2009].
Les hyrcanoï, roman, Perro Éditeur, 2014 [2010].
Lupus-1, roman, Perro Éditeur, 2014.

Dans la série *La grande illusion*:
La grande illusion, bande dessinée, Les Intouchables, 2009.

Dans la série *Walter*:
Walter tome I, roman, Les éditions La Presse, 2011.
Walter tome II, roman, Les éditions La Presse, 2012.

Dans la série *Victor VI*ᵉ:
Victor VIᵉ, pigeon voyageur, roman, Perro Éditeur, 2014.

TABLE DES MATIÈRES